天山樓

천산루

조도형 新무협 판타지 소설

FANTASTIC ORIENTAL HEROES

천산루 3

조돈형 新무협 판타지 소설

초판 1쇄 찍은 날 § 2014년 7월 23일
초판 1쇄 펴낸 날 § 2014년 7월 30일

지은이 § 조돈형
펴낸이 § 서경석

편집부장 § 권태완
편집책임 § 박은정

펴낸곳 § 도서출판 청어람
등록번호 § 제387-1999-000006호
등록일자 § 1999. 5. 31
어람번호 § 제2-2519호

주소 § 경기도 부천시 원미구 부일로 483번길 40 서경B/D 3F (우) 420-822
전화 § 032-656-4452 팩스 § 032-656-4453
http://www.chungeoram.com
E-mail § chungeorambook@daum.net

ⓒ 조돈형, 2014

ISBN 979-11-316-9129-8 04810
ISBN 979-11-316-9083-3 (세트)

천산루

天山樓

조도녕 新무협 판타지 소설

3

FANTASTIC ORIENTAL HEROES

도서출판 청어람

天山樓

천산루

18장

난장판

"참으로 오만한 놈이 아닌가!"

문일청이 애검을 치켜세우며 소리쳤다.

그의 뒤로 함께 단상에 올랐던 소문주 문진(文震)과 원로 원주 유산조(劉山鳥)가 흉흉한 기세를 뿜어냈다.

단상 위에 자리하고 있던 각 문파의 수뇌들은 이미 멀찌감치 물러나 충분한 자리를 마련해 주었다.

쿵!

문일청이 내딛는 걸음에 오랫동안 기름을 먹인 침목으로 만든 단상이 금방이라도 무너질 듯 흔들렸다.

문진과 유산조가 문일청의 뒤에 재빨리 포진했다.

눈앞의 상대는 오련신검을 일격에 격살할 수 있을 정도의 실력자로 제아무리 문일청이라 해도 버거운 상대가 아닐 수 없었다.

다만 문일청의 체면 때문에 처음부터 합공을 하지는 않았다.

진유검도 천천히 검을 뽑았다.

그 순간, 귓가로 은밀히 전음이 날아들었다.

[죽이지는 말아주게나.]

진유검의 시선이 자연스레 전음의 주인을 찾았다.

무황의 넉넉한 미소를 접한 진유검의 표정이 어딘지 모르게 떨떠름하게 변했다.

죽이지는 말아달라는 말은 곧 죽이지만 않는다면 마음껏 날뛰어도 상관없다는 말과 다름없었다.

문일청이, 그리고 자신이 아무도 개입하지 말라고 선언을 했다지만 명색이 무황성의 성주가 그런 부탁을 한다는 것 자체가 웃긴 일이었다.

'하긴 많은 핏줄을 잃었다고 했지.'

무황의 전음에서 깊은 슬픔과 살기를 느낀 진유검은 그의 마음을 조금은 이해할 수 있을 듯싶었다.

가족과 떨어져서 지냈던 자신도 부친과 형, 조카의 죽음에 감정을 주체할 수 없었으니 누구보다 강한 힘과 권력을 지녔음에도 벌써 십여 명에 이르는 핏줄을 잃은 무황의 심정이야 오죽할까.

진유검과 무황의 시선이 허공에서 얽혔다.

'우린 공동의 적을 지닌 것 같군요. 아무튼 확실하게 풀어드리지요'

씨익 웃는 진유검.

무황을 향해 보인 웃음이건만 신중히 검을 고쳐 잡던 문일청의 눈엔 자신을 비웃는 것으로 비쳐졌다.

신도장과는 달리 그는 참을성이 깊은 사람이 아니었다.

"이놈!"

문일청이 육중한 거구를 쓰러질듯 날리며 그대로 검을 휘둘렀다.

빠르고 날카로운 신도세가, 화려하면서도 진중한 정의문과는 달리 이화검문의 검은 극강의 패도를 추구했다.

수비를 도외시하고 오직 공격에 모든 것을 거는 극단적인 무공.

초대 무황이 일가를 이룬 가신에게 제발 자중하라는 의미에서 검법과는 전혀 어울리지 않은 이화라는 이름을 권했을 정도로 이화검문의 무공은 패도적이었다.

꽝!

묵직한 충돌음과 함께 진유검의 검과 문일청의 검이 허공에서 부딪쳤다.

그 어떤 기교도 필요 없는 힘 대 힘의 대결.

놀랍게도 진유검의 검이 살짝 밀렸다.

그렇다고 뒷걸음질 치거나 무릎이 굽혀진 것은 아니었다.

단지 당연히 앞으로 치고 나가야 할 검이 그러지 못하고 조금 물러난 정도였다.

그것만으로도 문일청은 충분히 인정받을 만했다.

진유검이 무영도를 떠난 후, 지금까지 많은 이와 상대한 것은 아니라 해도 그 면면을 살펴보면 하나같이 막강한 고수가 아닌 사람이 없었다.

그들 중 단 한 사람도 진유검의 검을 후퇴시키지 못했다.

오직 문일청의 검만이 그런 영광을 얻은 것이다.

영광?

만약 문일청이 그런 말을 들었다면 목을 잡고 뒤로 넘어갔겠지만.

지금만 해도 그렇다.

상대가 만만치 않다는 것은 그 역시 알고 있었다.

신도세가의 장로 여회와 오련신검, 거기에 어지간한 문파 정도는 하룻밤 사이에 잿더미로 만들어버릴 수 있는 화룡대까지 몰살을 당했다고 하니 의심할 여지가 없었다.

당연히 공격에 신중을 기했고 처음부터 전력을 다했다.

그런데 공격이 막히고 말았다.

막혀도 너무 처참하게 막히고 말았다.

'한 걸음도 물러나게 하지 못한단 말인가!'

문일청은 검신을 타고 올라오는 떨림과 저릿한 느낌을 애써 무시하며 단전 깊이 용솟음치고 있는 내력을 끌어올렸다.

'네놈이 어미 뱃속에서부터 수련을 했다고 해도 노부에게 비할 바가 아니다.'

내력만큼은 무황을 능가할 자신이 있던 문일청이 한껏 내력을 끌어올리자 그를 중심으로 엄청난 기세가 피어올랐다.

단상을, 나아가 연무장 전체를 단숨에 휘어잡는 그야말로 압도적인 기운.

이화검문이 어째서 무황성의 사대기둥 중 하나인지 똑똑히 보여주는 순간이었다.

"서둘러라!"

영웅지보의 참가를 끝내고 연무장 한편으로 물러나 있던 이화검문의 제자들이 단상을 향해 달려오고 있었다.

그 수는 대략 이십.

전풍이 그들을 막아섰다.

"네놈들이 나설 자리가 아니다."

"비키지 않으면 베겠다."

이화검문 제자들을 이끌고 있는 문요(文曜)가 날카롭게 외쳤다.

눈이 번쩍 뜨일 만큼의 아름다운 미모와는 달리 냉랭하기 그지없는 문요의 일갈에 전풍이 입맛을 다셨다.

"허! 얼어 죽겠다. 뭔 놈의 목소리가 이리 차가워."

전풍이 짐짓 몸을 떨며 엄살을 피자 문요는 가차없이 명을 내렸다.

"치워."

명이 떨어지는 것과 동시에 다섯 자루의 검이 전풍의 몸으로 짓쳐 들었다.

훌쩍 뒤로 물러난 전풍이 여우희 등을 돌아보며 물었다.

"안 도와줄 거죠?"

여우희가 어쩔 수 없다는 얼굴로 어깨를 으쓱이고 곽종과 유상이 슬며시 고개를 돌렸다.

"젠장! 기대한 내가 바보지."

툴툴거리는 것과는 달리 조금 전, 여우희의 말을 들은 전풍은 애당초 혼자서 이화검문의 제자들을 상대하리라 마음

먹고 있었다.

하지만 일대일 싸움이라면 모를까 합공을 해온다면 감당키가 쉽지 않았기에 공격을 피해 물러나는 것과 동시에 냅다 달리기 시작했다.

"……."

공격을 한 이화검문의 제자들이나 군웅들의 입이 쩍 벌어졌다.

설마하니 전풍이, 수호령주가 데리고 다니는 수하가 그런 식으로 꼬랑지를 내리고 도망칠 줄은 상상도 하지 못했다는 반응이었다.

곳곳에서 비웃음이 섞인 야유가 터져 나왔다.

"한심한! 허우대만 멀쩡한 놈이었군."

경멸 어린 눈길로 어느새 연무장 끝을 돌고 있는 전풍을 바라보던 문요가 냉소를 터뜨렸다.

싸움에 전혀 관여할 생각이 없다는 듯 한 걸음 물러나 있던 여우희가 묘한 웃음을 흘리며 말했다.

"글쎄, 과연 그럴까?"

문요의 차가운 시선이 여우희에게 향했다.

"허우대만 멀쩡하지는 않아. 물론 한심하지도 않고."

"우습군요. 저 꼴을 보고도 그런 말을 한다는 것이."

"제대로 본 것이 아니라 우리도 자세히는 몰라. 하지만 섬전과 같은 빠름이 있다면 바로 이것이구나 하는 생각이 들었지. 기대를 해도 좋을 거야."

여우희가 무슨 말을 하는지 이해를 하지 못한 문요가 불쾌하다는 눈빛으로 그녀를 응시하자 여우희가 한층 가벼워진 웃음을 흘리며 전풍이 달려간 방향을 가리켰다.

"이 언니를 노려볼 것이 아니라 지금이라도 준비를 해두는 게 좋지 않을까? 동생의 성격상 여자라고 봐줄 것 같지는 않아서 말이야."

"끼어들지만 않으면 다치지는 않을 거예요."

싸늘히 경고를 한 문요가 동료들을 이끌고 단상으로 달려가려 할 때였다.

어디선가 시원한 바람이 불어왔다.

바람은 이내 광풍이 되어 연무장을 가득 채웠다.

"확… 실히 빨라."

유상이 폭풍을 몰아치며 눈 깜짝할 사이에 거리를 좁혀 오는 전풍의 움직임에 혀를 내둘렀다.

"그러게. 만약 저런 적을 상대해야 한다면……."

딱히 방법이 없다고 여긴 것인지 곽종은 쉽게 말을 잇지 못했다.

한 수, 아니, 두어 수 아래라고 보았던 전풍이었으나 정식으로 싸운다면 어쩌면 자신이 패할지도 모르겠다는 생각이 처음으로 들었다.

"일전에 주군께서 말씀하셨지. 날아오르기 전에 잡아야 한다고."

유상의 말에 곽종이 고개를 흔들었다.

"작심하고 도망치면 그 또한 쉽지 않아. 그리고 일단 발동이 걸리면 답이 없지. 저게 어디 인간의 속도냐?"

곽종은 마치 순간 이동을 하는 듯한 속도로 이화검문의 제자들에게 접근하는 전풍을 가리키며 침을 꿀꺽 삼켰다.

"마, 막앗!"

광풍이 되어 들이치는 전풍을 확인한 문요가 다급히 명을 내렸지만 전풍의 속도는 인간의 눈으로 따라잡기가 불가능할 정도였다.

"크헉!"

"으악!"

외마디 비명이 터지는 것과 동시에 전풍의 주먹에 얼굴을 맞은 사내 둘이 삼 장여를 힘없이 날아가 처박혔다.

움푹 함몰된 광대뼈, 코는 형편없이 주저앉았고 입에선 부러진 이와 함께 피가 철철 흘러내렸다.

당황한 문요를 향해 여우희가 환한 웃음을 지으며 말했다.

"어때? 이 언니가 기대를 해도 좋다고 했지?"

하지만 지금 문요는 여우희의 비웃음에 일일이 반응할 여력이 없었다.

"조심해! 왼쪽에서……."

말이 끝나기도 전에 또 다시 두 명의 동료가 피떡이 되어 쓰러지고 말았다.

역공을 펼치기 위해 움직였을 땐 전풍의 신형은 이미 맞은편 연무장 끝에 도달해 있었다.

"괴물이야! 너무 빠르다."

연화단(蓮花團)의 차기 단주 자리를 놓고 문요와 치열한 경쟁을 펼치고 있는 궁포(弓抱)가 딱딱히 굳은 얼굴로 말했다.

방금 전, 바로 옆에 있던 동료가 쓰러지는 경험을 한 그는 전풍이 얼마나 빠르게 움직이고 있는지 누구보다 뼈저리게 느끼고 있었다.

"감탄만 하고 있을 때가 아니야. 방법을 찾아야지."

"하지만 무슨 수로?"

"개인의 힘이 안 된다면 다수의 힘으로. 뚫고 들어올 여지를 막아버리면 돼."

입술을 꼬옥 깨문 문요가 신호를 보냈다.

그러자 다소 흩어져 있던 이화검문의 제자들이 그녀를 중심으로 뭉치기 시작했다.

마치 전장에서나 볼 수 있는 원진에 군웅들은 황당함을 금치 못했다.

천하의 이화검문 정예들이 고작 한 명을 상대로, 그것도 지금껏 이름조차 알려지지 않은 무명의 애송이와의 싸움에서 고슴도치처럼 잔뜩 몸을 웅크릴 줄은 생각도 못한 것이다.

다만 방금 전, 전풍이 보여준 무시무시한 속도와 그 속도를 이용한 공격을 눈앞에서 확인한 군웅들은 이화검문 제자들의 선택을 어느 정도는 이해하고 있었다.

문제는 과연 원진만으로 폭풍처럼 몰아치는 전풍의 공격을 막을 수 있느냐는 것.

그 대답은 방향을 틀어 달려오는 전풍이 알려줄 것이다.

군웅들은 아차하면 사라지는 전풍의 움직임을 놓치지 않기 위해 두 눈을 부릅뜨고 숨조차 제대로 쉬지 못한 채 그의 움직임을 쫓았다.

"큭! 뭉치면 막을 수 있다고 생각한 모양이지?"

전풍이 이화검문 제자들이 구축한 원진을 보며 가소롭다는 듯 비웃었다.

그 웃음소리가 퍼지기도 전에 그의 신형은 어느새 원진의 코앞까지 육박했다.

"막앗!"

누군가의 외침과 동시에 이화검문의 제자들은 전풍이 다가오는 방향을 향해 일제히 검을 뻗었다.

하지만 전풍의 눈에 그들이 뻗은 검의 움직임은 느리게만 보였으니 별다른 어려움도 없이 검을 피한 전풍이 원진의 외곽을 책임지고 있는 사내의 면상을 주먹으로 날리고 그 옆에 있던 자의 허벅지를 그대로 걷어찼다.

고통스런 비명이 터지며 두 명의 사내가 쓰러졌다.

특별히 힘을 주거나 내력을 쏟아부은 것은 아니나 속도에 담긴 힘만으로도 그들을 주저앉히기엔 충분했다.

바로 그때, 전풍의 앞에 문요가 나타났다.

원진의 후미에 숨어 있던 문요와 궁포는 전풍의 움직임을 확인하고 움직이면 늦다고 판단하고는 전풍이 원진에 도착을 하기도 전 좌우로 몸을 날렸다.

그들의 판단은 정확했다.

갑자기 눈앞에 나타난 문요를 보며 전풍의 얼굴이 당혹감으로 물들었다.

황급히 방향을 틀려는 전풍의 목을 향해 문요의 검이 엄청난 속도로 날아들었다.

그 또한 전풍을 확인하고 시전한 것이 아니라 그가 움직일 방향을 예측하고 행한 공격이었다.

이화검문의 직계로 여인임에도 불구하고 차기 연화단의

유력한 단주로 손꼽히는 문요답게 검에 실린 힘과 기교가 대단했다.

전풍은 잠시 갈등했다.

피하고자 한다면 피할 수 있었다.

다만 워낙 빠른 속도로 움직이고 있었기에 급격한 방향의 전환은 그의 몸에도 약간의 무리가 따른다.

'에라, 모르겠다.'

전풍은 그대로 정면 돌파를 강행했다.

맹렬한 속도로 파고드는 검과 검의 움직임을 면밀히 살피며 허리를 숙였다.

차가운 검의 예기가 뒤통수를, 등줄기를 훑고 지나가는 느낌이 섬뜩했다.

괜스레 짜증이 났다.

생각보다 몸의 반응이 빨랐다.

전풍의 주먹이 여전히 검을 뻗고 있는 문요의 얼굴로 향했다.

전풍의 주먹을 확인한 문요의 눈빛이 참담하게 변했다.

눈으론 확인을 했지만 몸은 움직이지 못했다.

곧이어 닥칠 끔찍한 고통을 떠올리며 문요는 두 눈을 질끈 감고 말았다.

그녀의 뇌리에 깨진 두부처럼 망가진 동료들의 얼굴이

떠올랐다.

여인으로서의 삶은 그 순간, 끝장이리라!

바람이 지나갔다.

서늘하고, 차갑고 그러면서도 따뜻한 온기가 느껴지는
바람이었다.

한쪽 방향으로 치솟던 머리카락이 서서히 가라앉았다.

고통은 느껴지지 않았다.

질끈 감겼던 문요의 눈이 천천히 떠졌다.

그녀의 눈앞에 허벅지를 부여잡고 쓰러진 동료의 모습이
들어왔다.

문요의 몸이 천천히 돌았다.

저 멀리 바람처럼 내달리는 전풍의 모습이 보였다.

문요의 손이 자신도 모르게 왼쪽 볼을 쓰다듬었다.

따뜻한 감촉이 아직도 남아 있는 듯했다.

냉막하기 그지없는 그녀의 얼굴이 서서히 일그러졌다.

"개자식!"

문요의 고운 입술에서 욕설이 터져 나왔다.

꽈꽈꽝!

거대한 폭풍이 단상 위에 휘몰아쳤다.

연거푸 뒷걸음질 치는 문일청의 발이 단상을 푹푹 파고

들어갔다.

군웅들의 시선이 그제야 단상 위로 향했다.

너무도 요란하게 펼쳐진 전풍의 활약상 때문에 잠시 시선을 빼앗겼다지만 지금 단상 위에선 연무장에서 벌어지는 싸움과는 비교도 할 수 없을 정도로 중대한 대결이 펼쳐지고 있었다.

"크으으."

뒷걸음질 치던 문일청의 입에서 엷은 핏줄기가 천천히 흘러내렸다.

문일청의 공격을 간단히 막아낸 진유검은 형편없이 망가진 단상에 인상을 찌푸리다 문일청을 힐끗 바라본 뒤 아래로 몸을 날렸다.

문진이 진유검을 따라 움직이려는 문일청의 팔을 잡았다.

"괜찮으시겠습니까?"

"아무렴. 이 정도에 당할 애비가 아니다."

잠시 문일청의 얼굴을 바라보던 문진이 고개를 끄덕였다.

"조심하십시오."

"걱정하지 마라.

문진의 어깨를 가볍게 두드린 문일청이 진유검을 향해

발걸음을 움직였다.

"준비해야겠습니다, 백부님."

문진이 걱정스런 눈길로 바라보던 원로원주 유산조에게 고개를 돌렸다.

"이 많은 군웅 앞에서 괜찮을지 모르겠다. 자칫하면 본문의 체면이 땅에 떨어질 수가 있어."

"체면이 중요한 것이 아닙니다. 본문의 존망이 걸린 문제입니다."

"음."

문일청의 뒷모습을 바라보는 유산조의 눈빛이 마구 흔들렸다.

망설임은 잠시였다.

합공을 한다면 체면은 땅에 떨어질지언정 문일청의 목숨은 구할 수 있었다.

힘이 있는 한, 그 누구도 이화검문을 함부로 할 수가 없을 것이고 운이 좋다면 다시 한 번 의협진가를 도모할 수도 있을 터였다.

결심을 굳힌 유산조가 고개를 끄덕였고 두 사람은 문일청의 뒤를 따라 단상을 내려갔다.

단상 위에서 두 사람의 모습을 지켜보던 이들의 입가에 비웃음이 가득했다.

군웅들은 아직 그들의 움직임을 확인하지 못했다.

단상에 내려선 문일청의 대단한 기세에 시선을 빼앗긴 것이었다.

문일청이 발걸음을 내딛을 때마다 거대한 울림이 연무장을 흔들었다.

후우우웅!

묵직한 검명이 울려 퍼지고 거대한 강기가 일어났다.

언제라도 검을 뽑을 준비를 하고 있던 문진이 입에 고인 마른침을 꿀꺽 삼켰다.

그의 시선이 유산조에게 향했다.

때마침 유산조 역시 문진에게 시선을 돌리고 있었다.

지금 곧바로 합공을 한다면 진유검을 끝장내는 것은 문제도 아닐 것 같았다.

그런데 전장에서 느껴지는 묘한 기운이 그들을 움직이지 못하게 만들었다.

이유는 바로 문일청에게 있었다.

진유검의 강함을 제대로 확인한 문일청은 단 한 번의 공격에 모든 것을 걸었다.

평생 동안 각고의 노력을 기울인 덕분에 최근에서야 도달한 경지.

검끝에서 일어난 강기가 검신을 휘감고 그에 더해 문일

청의 전신까지 완전하게 휘감았다.

"호오."

문일청이 잔뜩 기세를 일으킬 때도 별다른 표정 변화가 없던 진유검의 눈에 이채가 피어올랐다.

금방이라도 폭발할 것 같았던 문일청의 기세가 어느 순간부터 조금씩 약해지기 시작했기 때문이다.

아니, 약해진다기보다는 마치 폭풍전야의 바다처럼 고요해지고 있었다.

그를 휘감고 있던 강기가 서서히 사라지자 차분히 검을 들고 서 있는 문일청의 모습을 드러났다.

표정은 무심했다.

진유검에 대한 분노도, 호승심도 없었다.

그저 잔잔한 눈으로 검을, 검의 저편에 서 있는 진유검을 응시할 뿐이었다.

"허! 문 문주가 저 정도였단 말인가!"

무황이 진심으로 놀란 얼굴로 말했다.

단상 위에서 조소를 보내던 각 문파의 수뇌들도 경악으로 가득한 얼굴이었다.

그들은 문일청이 단순히 신검합일(身劍合一)을 이룬 것이 아니라 그것의 수준을 뛰어넘었다는 것을 깨달았다.

문일청이 무위를 미처 파악하지 못하고 있던 문진과 유

산조가 기쁨의 탄성을 터뜨리고 있을 때 흥미롭게 문일청을 바라보고 있던 진유검이 검을 들었다.

문일청이 검을 움직였다.

느릿느릿 전진하는 검을 보며 저마다 숨을 죽였다.

검에서 느껴지는 고요함, 섬뜩한 기운이 연무장 전체를 짓눌렀기 때문이었다.

진유검의 눈빛이 번뜩였다.

번쩍!

한줄기 섬광이 질식할 것만 같은 기운을 가르며 문일청을 향해 날아갔다.

퍼퍽!

가죽 터지는 소리가 터져 나오며 문일청의 신형이 삼 장여를 날아가 처박혔다.

아무도 입을 열지 못했다.

아무런 행동도 하지 못했다.

도대체 무슨 일이 벌어진 것인가!

경천동지할 대결을 기대하던 군웅들은 눈앞의 상황을 도저히 이해하지 못했다.

단 일 수에 승부는 결판이 났다.

그것도 뭐라 표현하기가 힘들 정도로 허무하게.

아직도 두 사람 사이에 일어난 일을 이해하지 못하고 있

번쩍!

한줄기 섬광이 작렬하며 뭔가가 하늘로 솟구쳤다.

그것이 문진의 팔이라는 것을 깨닫는 데는 오랜 시간이 걸리지 않았다.

문진이 피분수를 쏟아내며 비틀거리는 사이 하늘로 솟구친 잘린 팔이 때마침 그곳을 지나던 전풍의 앞을 가로막았다.

엄청난 속도로 내달리던 전풍의 입에서 짜증 섞인 외침이 터져 나왔다.

"뭐야, 이건!"

잘린 팔을 낚아챈 전풍이 그것이 무엇인지 정확하게 확인했을 땐 자신을 상대하기 위해 여전히 원진을 구축하고 있는 이화검문의 제자들의 곁을 스쳐 지나갈 때였다.

"옛다."

전풍이 잘린 팔을 냅다 던졌다.

전풍의 속도에 더해 잘린 팔은 가공할 속도로 날아갔다.

퍽!

둔탁한 소음과 함께 문진의 팔은 뼈마디 몇 개만 남기고 산산조각이 나버렸다.

그 팔에 맞은 제자들 또한 외마디 비명과 함께 나뒹굴었다.

"원한다면 계속 상대를 해줄 수는 있지만 이번엔 팔 하나로 끝나지 않을 거요."

진유검이 문진을 돌아보며 말했다.

팔이 잘린 고통보다 더한 수치심에 문진의 얼굴이 참담하게 일그러졌다.

당장에라도 달려들 것 같은 그의 몸을 유산조가 필사적으로 막았다.

"대충 알아들은 것으로 알겠소."

차갑게 웃은 진유검은 고개를 돌려 전풍을 불렀다.

"전풍."

진유검의 외침이 끝나기도 전에 전풍의 신형이 그의 앞에 나타났다.

"그쯤 해둬. 잔칫날에 난장판 만들지 말고."

진유검의 말에 전풍이 황당하다는 표정을 지었다.

따지고 보면 난장판을 만들기 시작한 것은 진유검이었고 그는 그저 주군을 공격하기 위해 움직이는 병력을 막는 형식으로 숟가락 하나 살짝 얹은 것에 불과했기 때문이었다.

"뭘 보고 있어? 이제 그만 가자니까."

핀잔 섞인 말을 던진 진유검이 빙글 몸을 돌렸다.

억울하단 얼굴로 가슴을 몇 번 친 전풍이 구시렁대며 그의 뒤를 따랐다.

이 기괴한 광경에 다들 할 말을 잃었다.

무황성의 사대기둥 중 하나이자 무림에서 막강한 영향력을 자랑하는 이화검문의 문주가 죽었는지 살았는지도 모를 정도로 무참히 패퇴해 쓰러졌고 차기 문주로 알려진 문진 또한 너무도 허무하게 팔 하나를 잃고 말았다.

이화검문의 제자가 문진의 잘린 팔에 맞아 쓰러지는 참상까지 벌어졌다.

난장판도 이런 난장판이 없었다.

그런 군웅들의 반응이 자신들과는 전혀 상관없다는 듯 진유검과 그 일행은 너무도 여유 있는 모습으로 연무장을 빠져나갔다.

*　　　*　　　*

어둠이 가득한 방.

은으로 만든 조그만 등잔 하나가 희미하게 방을 밝히고 있다.

침상은 물론이고 흔한 장식장 하나 없는 방에는 조그만 의자 하나만이 덩그러니 놓여 있었는데 의자엔 면사로 얼굴을 가린 여인이 조용히 앉아 있고 호위무사인 듯한 청년이 반 발짝 떨어진 곳에서 검을 가슴에 품은 자세로 서 있었다.

문이 열렸다.

잠시 밝아지는 듯한 방은 한 사내가 들어서고 문이 다시 닫히며 어둠을 되찾았다.

사내가 여인의 앞에서 무릎을 꿇고 예를 올렸다.

"비상(飛翔) 육조 조장 우견(禹見)이 령주님을 뵙습니다."

"오랜만이에요. 고생이 많군요."

여인의 부드러운 음성에 우견이 머리를 조아렸다.

"고생이라니 당치도 않으십니다. 그저 제 임무에 최선을 다할 뿐입니다."

"조금만 더 애쓰세요. 이제 곧 지금까지의 고생을 보상받을 날이 올 터이니."

"감사합니다, 령주님."

우견이 다시금 머리를 조아렸다.

"인사는 이쯤 하고 자세한 얘기를 듣고 싶군요. 대체 무슨 일이 벌어진 것이지요?"

여인의 음성엔 아쉬움이 가득했다.

원래의 계획대로라면 그녀는 천추지연, 정확히는 영웅지보를 참관할 수 있었으나 예기치 않은 일로 반나절을 허비하고 영웅지보에 다소 늦고 말았다.

벌써 세 번째 참관하는 영웅지보였기에 그다지 개의치

않았지만 의협진가에서 처음으로 영웅지보에 참가를 하고 그것도 부족해 이화검문의 문주와 소문주를 박살 내며 이화검문에 사실상 선전포고를 했다는, 말 그대로 난장판을 만들었다는 소식을 전해 듣고는 길을 서두르지 않았던 것을 땅을 치며 후회했다.

"영웅지보에 참석한 수호령주가 군웅들 앞에서 이화검문이 의협진가를 도모하려 했던 계획을 대놓고 추궁했습니다. 이에 반발한 문일청이 수호령주를 공격하다가 오히려 치명상을 입었고 소문주 문진은 오른쪽 팔을 잃었습니다."

"오른쪽 팔? 그러면……."

"예, 사실상 무인의 생명이 끝장난 것이지요. 다시 검을 쓰려면 좌수검으로 변신을 해야 할 것입니다."

"수호령주가 거침없다는 보고를 받기는 했지만 설마하니 무황과 각 파의 수뇌들이 있는 자리에서 그런 일을 벌일 줄은 몰랐군요."

여인의 입에서 탄성이 흘러나왔다.

"제가 보기엔 어느 정도 교감이 있었던 듯싶습니다."

"교감이라니요?"

"수호령주가 문일청을 쓰러뜨리고 문진에게 이런 말을 했습니다. 누군가와의 약속으로 죽이지는 않는 거라고요."

"그 누군가가 무황이다?"

"예, 저와 조원들은 그렇게 판단하고 있습니다."

"하긴 그럴 만도 하군요. 현 상황에서 무황에게 가장 든든한 아군은 수호령주일 것이고 또한 어느 세력에도 치우치지 않는다는 전통을 지니고 있는 수호령주도 무황의 지지와 동조는 필요할 테니까요."

여인은 두 사람의 교감을 당연하다 여겼다.

"무엇보다 중요한 것은 수호령주의 무공 수준이었습니다."

우견의 표정이 심각하게 변했다.

"화우검 여회도 그렇고 오련신검도 일검에 쓰러뜨렸을 때 그의 무공은 이미 경계의 대상이 되었지요. 이제 이화검문의 문주를 쓰러뜨림으로써 확실한 요주의 인물이 되겠군요."

"단순히 요주의 인물로 끝날 수준이 아닙니다."

우견의 무거운 음성에 여인의 안색이 살짝 굳었다.

"다른 이유라도 있는 건가요?"

"문일청이 수호령주를 상대할 때의 무공 수위는 화경(化境)을 넘어선 것으로 판단되었습니다."

우견의 말에 놀란 여인의 몸이 그대로 굳고 지금껏 무표정하게 서 있던 호위무사의 안면이 꿈틀거렸다.

"놀랍군요. 화경을 넘어선 경지라면 현경(現境)에 이르렀단 말인데 지금껏 그런 보고는 없었던 것으로 아는데요."

"실력을 감추고 있었던 것 같습니다. 문일청과 함께 있던 문진과 유산조의 반응을 보면 그들 역시 문일청의 무공 수위를 정확하게 파악하지 못한 듯싶었습니다."

"식솔들에게도 삼 푼의 실력을 감춘다? 과연 그다운 행동이군요."

여인이 입가에 싸늘한 웃음이 번졌다.

웃음은 이어진 우견의 말에 의해 순식간에 사라졌다.

"그런 문일청이 일검에 당했습니다."

우연인지 그 순간, 그녀의 얼굴을 가리고 있던 면사의 한쪽 줄이 뚝 끊어졌다.

초승달처럼 우아한 곡선을 그린 눈썹, 흑수정처럼 맑고 투명한 눈동자, 오똑한 콧날이 스치듯 나타났다 사라졌다.

슬며시 고개를 돌려 면사를 바로 한 여인이 놀란 가슴을 진정시키며 말했다.

"확실한 건가요?"

"그렇습니다. 수많은 이가 직접 목격한 사실입니다."

유견의 대답에 여인이 호위무사에게 고개를 돌렸다.

"현경의 고수가 일검에 당했다는 것은 확실히 놀라운 일이야. 어떻게 생각해?"

잠시 생각에 잠겼던 호위무사가 대답했다.

"현경에 이른 고수를 꺾었다는 것은 그 역시 현경에 이르렀다는 말입니다. 본 루에도 그 정도 실력을 지닌 분은 손에 꼽을 정도입니다. 심각한 문제입니다. 제대로 확인을 해야 할 사안이라 봅니다."

"나도 그렇게 생각해. 우 조장."

"예, 령주님."

"지금 이 순간부터 수호령주에 대한 감시를 무황과 동급으로 격상하겠어요. 곧 인력을 지원토록 할 테니 일거수일투족을 놓치지 말고 보고토록 하세요."

"명을 받들겠습니다."

유견이 머리를 바닥에 찧으며 명을 받았다.

여인이 호위무사에게 고개를 돌렸다.

"수호령주의 지난날의 행적은 파악이 되었던가?"

"아직 확인되지 않았습니다."

"영 수상하단 말이지. 난데없이 모습을 드러낸 것도 그렇고 상상도 할 수 없을 정도로 고강한 무공도 그렇고. 흠, 아무래도 의협진가에 대한 조사를 다시 해야겠어."

혼잣말을 중얼거리던 여인이 문득 고개를 들었다.

"느낌이 너무 안 좋아."

19장

수호령주(守護令主)

덜컥!

거칠게 문이 열렸다.

불쾌한 얼굴로 집무실에 들어선 무황이 평상에 털썩 걸터앉았다.

"손님을 초대해 놓고 내가 너무 늦었군. 미안하네. 오래 기다렸나?"

"저도 방금 전에 도착했습니다."

진유검이 손에 든 찻잔을 내려놓으며 대답했다.

"그런가? 그나마 다행이군."

무황은 취기가 오르는지 머리를 세차게 흔든 후, 평상 옆 탁자에 놓여 있는 물주전자를 들더니 벌컥벌컥 들이켰다.

"무리를 하신 듯 보입니다."

걸쭉한 트림과 함께 주전자를 내려놓은 무황이 다소 편해진 얼굴로 말했다.

"워낙 오랜만에 보는 사람이 많아서 말일세. 가까스로 빠져나오기는 했지만 솔직히 지금까지 마신 것만으로도 많이 버겁군. 확실히 예전 같지가 않아. 지난번 천추지연에선 사흘 밤낮을 술독에 빠져 있었어도 별탈이 없었는데 말이야. 노부와 끝까지 대작을 한 사람이 누군지 아나? 바로 자네 부친이었다네."

"그렇… 군요."

"뿐인가? 과거 자네 조부님은 실로 대단한 주량을 자랑하셨다네. 수많은 이와 대작을 하고도 한 점 흐트러진 모습을 보이신 적이 없었지. 아참, 조부님께선 건강을 회복하셨다고?"

"예."

"잘되었군. 정말 잘된 일이야."

무황이 자신의 일처럼 기뻐했다.

"한데 연회는 끝난 것입니까?"

"벌써? 어림없지. 최소한 동이 틀 때까지는 이어질 걸세."

갈증이 이는지 다시금 물주전자를 든 무황이 주전자를 입에 대며 말했다.

"한데 자네는 어째서 오지 않은 것인가? 연회에 참석해 달라는 연통을 한 것으로 아는데."

"내키지 않아서 참석하지 않았습니다."

"하긴 연회에 모인 이들 대부분이 늙은이니 막상 참석을 했어도 재미는 없었을 것이네. 그래도 다들 자네를 기다리던 눈치더군."

"저를요?"

진유검이 의외라는 얼굴로 되묻자 무황이 너털웃음을 터뜨렸다.

"허허! 모른 척하기는. 수호령주라는 지위도 지위지만 낮에 제대로 사고를 치지 않았나. 자네는 어찌 생각하는지 모르나 남녀노소 가릴 것 없이 천추지연에 모인 이들의 모든 시선이 자네에게 쏠려 있다고 보면 맞을 걸세."

"그렇… 군요."

"부담되나?"

무황이 은근한 어조로 물었다.

"제가 부담될 것이야 없지요. 부담은 오히려 그분들이 가지게 될 겁니다."

참으로 의미심장한 말이다.

무황이 굳은 얼굴로 진유검을 응시했다.

"노부의 귀엔 수호령주로서 역할을 하겠다는 말처럼 들리는군. 맞는가?"

"그럴 생각입니다."

무황의 얼굴이 환해졌다.

"다행이네. 솔직히 본 성의 문제에 개입을 해줬으면 하는 마음이 컸으나 수호령주가 무황성의 일에 개입하는 것은 오직 수호령주의 판단으로 가능한 것인지라 입을 뗄 수가 없었네. 아예 정식으로 요청을 할까 망설이고 있었지."

"성격은 조금 다릅니다. 무황성을 위해서라기보다는 본가의 일 때문에 나서려는 것이니까요."

"그것으로 충분하네."

무황의 반응에 진유검이 쓴웃음을 지었다.

"그게 그거긴 하군요."

"어디까지 손을 댈 생각인가?"

"글쎄요. 그건 아직 생각하지 못했습니다. 무황께선 어느 선까지 원하시는 겁니까?"

"글쎄."

무황은 쉽게 대답하지 못했다.

핏줄을 잃은 원한이야 하늘을 찌를 정도였으나 무황성주의 입장에서 원한만을 앞세울 수도 없는 노릇이었다.

"쉽지 않은 질문이군. 마음 같아선 모조리 쓸어버리고 싶네. 얄팍한 권력을 차지하기 위해 그런 비열한 계획을 꾸미는 모든 자를. 하지만 그럴 수가 없음이니."

물주전자 옆에 놓인 술병을 향해 움직이는 무황의 손길이 분노 때문인지 아니면 술기운 때문인지 살짝 떨렸다.

"본가를 공격한 자들은 어느 정도 파악을 했습니다만 무황성의 후계자 문제에 개입한 세력들에 대해선 별다른 정보가 없습니다."

진유검이 무황 대신 술병을 들고 잔을 채워주며 말했다.

"무황성과 의협진가에 벌어진 일은 따로 떨어뜨려 판단할 문제가 아닐세. 아, 자네의 형이나 조카, 다시 말해 의협진가의 후계구도에 개입한 문파는 이화검문과 신도세가가 맞을 걸세. 하지만 위로 거슬러가 자네의 부친을 해하려 한 자들은 그들뿐만이 아니네."

"그러리라 생각했습니다. 어느 정도나 됩니까?"

"확실한 증좌를 찾지 못해서 그렇지 대략 확인한 문파만 삼십이 넘지."

진유검의 눈동자가 크게 흔들렸다.

"놀란 모양이군. 신도세가와 이화검문은 물론이고 사실

상 무황성을 떠받치고 있는 거의 모든 문파가 개입되어 있거나 묵인했다고 보면 맞을 것이네."

무황은 그들의 암계에 너무도 무기력하게 당하고만 자신의 신세가 화가 났는지 거칠게 술잔을 들었다.

"다시 묻겠습니다. 성주님께선 제가 어떻게 했으면 하십니까?"

"일단 죄를 저지른 자들에 대해선 응징을 해야겠지."

무황의 손에 들린 술잔이 먼지가 되어 흩어졌다.

격앙된 분위기도 잠시, 금방 평정심을 회복한 무황이 진유검에게 술잔을 권하며 말했다.

"그래도 어느 정도는 선을 지켜주었으면 싶네."

"선이라면……."

"지금 용의 선상에 오르는 자들은 사실상 무림의 모든 세력이라 할 수 있네. 자네가 그들의 죄를 밝혀내면 처단하는 것은 그리 어려운 문제는 아닐세. 무황성의 성주로서 노부에겐 아직도 그만한 힘이 충분히 있다네. 문제는 그리되면 무림에 크나큰 혼란이 올 수 있다는 것이야. 어쩌면 무황성 자체가 무너져 내릴 수 있는 문제고."

무황의 얼굴엔 고뇌의 흔적이 역력했다.

"내분이 있다고는 하나 여전히 막강한 힘을 지니고 있는 천마신교나 근래 들어 움직임이 수상한 세외의 세력들을 감안하면 절대로 피해야 하는 일이지."

천마신교라는 말에 진유검의 눈동자가 반짝거렸다.

"그렇다고 그냥 용서할 생각은 절대로 없네. 암, 절대 그냥은 못 넘어가지."

무황이 손에서 또 하나의 술잔이 먼지로 변해 사라졌다.

진유검은 무황이 다시금 평정심을 회복하기를 묵묵히 기다렸다.

시간은 오래 걸리지 않았다.

"자네가 신도세가를 응징한 형식이 그나마 가장 좋은 방법이 될 것도 같군."

"신도세가라 하시면……."

"머리를 쳐서 숨통을 끊어놓을 수는 없으니 팔이라도 잘라야겠단 말이네. 죄를 물어 그 문파를 절단 낼 수는 없지만 최소한의 대가는 받아내야겠어."

무황의 눈에서 냉기가 흘러나왔다.

"기왕이면 후계자 싸움에 참여 자체를 하지 못하도록 만들면 좋겠고."

"후계자로 언급되는 자들을 노리라는 말씀입니까?"

"그건 아닐세. 누구를 노리고는 자네의 몫이겠지. 노부가 왈가왈부할 사안은 아니지만 그래도 본가의 인재들이 다수 목숨을 잃었다는 것만은 기억해 주었으면 좋겠군."

말은 그리하였지만 무황의 의도는 그들이 후계자 문제에 개입을 하지 못하도록 만들어 달라는 뜻이 강했다.

"생각해 보도록 하지요. 하지만 일단 이화검문에 대해선 철저하게 응징을 하고 시작하겠습니다."

"어째서인가?"

"그들이 본가의 후계 문제에 개입한 것은 확실합니다. 그들도 인정을 했고요. 하면 잘못에 대해 사죄를 하거나 신도 세가처럼 구차한 변명이라도 만들어 내야 했습니다. 하지만 보시다시피……."

"그래도 초대 무황 이래 무황성을 떠받드는 기둥인데."

무황은 원한과는 별개로 무황성의 성주로서 이화검문이라는 강력한 전력이 약해지는 것을 원하지 않았다.

"썩은 기둥을 방치하다간 집안 전체가 무너질 수가 있습니다."

진유검은 양보할 생각이 전혀 없는 듯했다.

진유검의 강경한 태도에 잠시 생각에 잠겼던 무황이 제안을 했다.

"이러면 어떤가?"

"말씀하시지요."

"이화검문은 이미 제대로 망신을 당했네. 수많은 군중 앞에서 가주가 무참히 패배를 당했고 후계자가 팔을 잃지 않았는가. 흠, 그러고 보니 그 녀석이 이화검문이 내세우는 무황의 유력한 후보자였군."

어쩐지 미소를 짓는 듯한 느낌이었다.

"노부가 중립적인 입장에서 중재를 해보겠네. 지난날의 잘못에 대해 정식으로 사과를 하고 의협진가에 대해 어떠한 식으로든 보상을 하며 차기 무황에 후보자를 내세우지 않는 선에서 말일세."

"형님과 조카가 죽었습니다. 의협진가의 식솔들도 목숨을 잃었고요. 그다지 마음에 들지는 않는군요."

진유검은 무황의 제안을 단박에 거절했다.

"주동자에 대한 엄벌도 요구하지. 책임을 지고 목숨을 내놓으라는 수준의."

"저들이 받아들이겠습니까?"

"받아들이지 않으면 자네 마음대로 하면 되지 않나. 노부나 자네나 최소한의 기회는 주었으니. 여기서 중요한 것은 자네가 홀로, 아니, 몇 안 되는 수하를 데리고 이화검문이라는 거대한 세력을 상대할 수 있느냐는 것이네. 의협진가의 후계자 싸움이라 공표된 상황에서 노부는 도움을 줄 수가 없으니까."

진유검을 살피는 무황의 표정이 실로 의미심장했다.

영웅지보에서 보여준 진유검의 무공을 감안했을 때, 현

경에 이른 문일청을 단숨에 제압하는 것만 보아도 그가 얼마나 강한지 미루어 짐작할 수 있었다. 다만 보다 정확히 알고 싶은 마음이 강했다.

잠시 침묵을 지키며 무황이 던진 질문의 요지를 생각하던 진유검이 반문했다.

"질문 하나 드려도 되겠습니까?"

"무엇이든 물어보게."

"초대 무황 이후, 무황의 무공은 강해졌습니까?"

무황의 표정이 확 굳었다.

"무슨 의미로 묻는 것인가?"

"별다른 의미는 없습니다. 그냥 궁금해서 여쭙는 것이지요. 대신 정확한 대답을 원합니다."

잠시 동안 진유검을 바라보던 무황의 입에서 한숨이 흘러나왔다.

"부끄러운 말이긴 하나 조금은 퇴보를 하지 않았나 싶군. 초대 무황께선 사실상 본가의 무공을 집대성한 분이시지. 자질 또한 최고였고. 이후, 많은 선조께서 그분의 뒤를 잇기 위해 최선을 다했지만 조금씩 퇴보하는 것은 어쩔 수 없는 것 같더군."

구차한 변명처럼 들렸는지 그렇잖아도 붉었던 무황의 낯빛이 한층 더 붉어졌다.

"사대가문의 무공은 어떻습니까? 그들의 무공 역시 사공세가에 뿌리를 두고 있지 않습니까?"

"본가와의 종속적인 관계를 극복하기 위함인지 나름 독자적으로 발전시킨 것은 틀림없네. 음, 엄밀히 말해서 발전했다기보다는 변형을 했다고 보는 것이 맞을 수도 있겠군."

"역시 제 예상이 맞군요. 그들 역시 과거에 비해 확실히 약해졌습니다. 그럼에도 불구하고 그들의 세력은 역대 그 어느 때보다 커졌다는 것이 우습군요. 아마도 무황성이라는 거대한 그늘이 있기에 가능한 일이었다고 봅니다."

무황의 입에서 한숨이 흘러나왔다.

"부인할 수가 없군. 한데 자넨 어째서 그런 생각을 한 것인가?"

"이화검문의 문주와 대결을 하다가 의문을 조금 가졌습니다. 제가 아는 한, 초대 이화검문의 문주는 그렇게 약하지 않았으니까요."

"허허! 약하다? 현경에 이른 고수를 약하다고 말할 수 있는 사람은 당금 천하에 자네뿐일 걸세."

무황이 너털웃음을 터뜨리며 말을 이었다.

"게다가 자네가 초대 이화검문 문주의 무공 수준을 알고 있다니 이 또한 놀라운 일일세. 아, 의협진가의 후손이니 당연할 수도 있겠군. 그래도 당금 무림에서 그를 이길 수 있는 사람은 손으로 꼽을 정도라네."

"과연 그럴까요?"

의미심장한 진유검의 반문에 무황의 눈썹이 꿈틀댔다.

"무… 슨 의미인가?"

"이화검문의 문주가 신검합일의 경지를 넘어서는 무위를 드러냈을 때 많은 사람이 놀랐습니다. 성주님 또한 예외는 아니셨지요.

"그럴 수밖에. 현경에 이른 무인을 보면 놀라는 것이 당연하지 않은가?"

"하지만 단상 위에 앉아 있던 이들 중 몇몇은 그다지 놀라는 눈치가 아니었습니다."

무황의 눈동자가 크게 흔들렸다.

"단언컨대 오늘 단상에 앉아 있던 이들 중 이화검문주를 능가하는 고수가 최소한 세 명은 있었습니다. 성주님과 천무진천을 제외하고 말입니다."

"마, 말도 안 되는……."

무황의 입이 쩍 벌어졌다.

"말이 됩니다. 성주님께서 그들의 실력을 눈치채지 못한 것은 그들이 지닌 무공이 그만큼 뛰어났기 때문이지요. 무황성과 사대세가가 과거의 영광에 갇혀 있는 사이 전통의 명문과 세가들은 틀림없이 절치부심하였을 겁니다. 그리고 그들은 언제든지 한 단계 올라설 수 있는 충분히 저력이 있지요. 대표적으로 한 사람을 말씀드려 볼까요?"

"누, 누군가?"

무황의 음성이 마구 떨렸다.

"성주님의 왼쪽 편, 황색 적삼에 문사건을 쓰고 산수화가 그려진 부채를 들고 있던 중년인을 기억하십니까?"

"물론이네. 남궁세가의 당대 가주일세. 비교적 젊은 나이에 가주직에 올랐고 차기 무황을 노리는 유력한 후보기도 하다네. 무공 또한 뛰어나다는 것은 알고 있으나 그의 무공이 현경에 이르렀다고는 도저히 믿지 못하겠네."

"실력을 감췄으니까요. 그것도 철저하게. 그의 실력이 이화검문주를 능가하는 것은 틀림없습니다. 성주님께서 현경을 넘어 또 다른 경지를 바라보고 있음을 감추시는 것과 마찬가지라고나 할까요."

"그, 그걸 어찌……."

"성주님께서 그 경지에 도착하셨다면 남궁세가 가주의 실력을 꿰뚫어 보셨을 겁니다."

무황은 경악스런 눈길로 진유검을 응시했다.

실력을 철저하게 감추고 있는 남궁세가 가주의 무공은 물론이고 자신의 경지까지 완벽하게 꿰뚫고 있다는 말은 그 스스로가 이미 현경을 경지를 뛰어넘었다는 것을 간접적으로 밝히는 것이었다.

실로 놀라운 일이 아닐 수 없었다.

이제 겨우 이십대 초반의 나이로 현경에 올랐다는 것만으로도 고금에 존재하지 않는 일이었다.

한데 그 이상의 경지라니!

초대 무황 역시 현경을 뛰어넘었다고 전해졌지만 기록에 의하면 나이 사십에 이르러서야 그러한 경지에 올랐다고 했다.

사공세가 사상 최고의 천재라 알려진 초대 무황이.

"그러고 보니 의협진가가 어떤 곳인지 간과하고 있었군. 초대 무황과 버금가는 무공을 지닌 고수가 바로 의협진가의 시조였지. 정체, 아니, 퇴보한 본가와는 달리 의협진가는 실로 놀라울 정도로 발전을 했군."

무황의 얼굴엔 부끄러움과 더불어 부러움이 공존했다.

"딱히 그런 것은 아닙니다."

무영도의 비밀을 세세히 밝힐 수 없었던 진유검이 쓴웃음을 지었다.

"자네의 실력이 그 정도라면 걱정하지 않아도 되겠군. 노부가 도울 일은 없겠는가?"

"정보가 필요합니다."

"물론이네. 그렇잖아도 사람을 불렀네."

말이 끝나는 것과 동시에 문밖에서 인기척이 들려왔다.

방문이 열리며 군사 제갈명이 모습을 드러냈다.

＊　　　　＊　　　　＊

"헉! 헉!"

천추지연의 연회가 한창 분위기를 달구던 그 시각, 저 멀리 서쪽 사막에서 거친 숨을 몰아쉬며 한 사내가 달리고 있었다.

머리부터 발끝까지 피칠갑을 한 사내는 저 멀리 우뚝 선, 노을빛의 영향으로 유난히 붉게 빛나는 옥문관을 보며 환희에 젖었다.

"드디어!"

적들의 추격을 뿌리치고 도주를 시작한 지 정확히 이십여 일이 흘렀다.

수없이 많은 위기와 생사를 넘나드는 격전을 치르며 마침내 옥문관에 도착한 것이다.

옥문관을 넘는다고 적들의 추격이 멈추지는 않겠지만 적들 또한 옥문관을 넘는 것엔 분명히 부담이 있을 터. 지금처럼 최악의 상황으로 치닫지는 않을 것이다.

사내는 의지로 빛나는 눈동자를 번뜩이며 잠시 늦춰졌던

발걸음을 바삐 놀렸다.

바로 그때였다.

옥문관을 향하는 길목으로 일단의 무리가 나타났다.

그들이 지금껏 자신을 추격해 온 적들이라는 것을 확인한 사내의 얼굴이 참담하게 일그러졌다.

"유인책에 속지 않은 것인가? 시간을 벌 수 있으리라 여겼건만."

적들을 기만하기 위해 따로 움직였던 친우의 얼굴을 떠올리며 피가 나도록 입술을 깨물었다.

적들을 유인하기 위해 움직였던 사내의 친우는 그 역할을 충분하게 해냈다.

지금 눈앞에 있는 이들은 친우를 추격했던 적들이 아니라 그들의 방향을 예측하고 처음부터 옥문관에 진을 치고 있던 추격대였다.

사내를 발견한 것인지 옥문관 주위에 잠복했던 추격대가 정확히 사내를 향해 달려오고 있었다.

사내가 주변을 살폈다.

보이는 것이라곤 건조하기 그지없는 모래와 황토뿐이었다.

듬성듬성 초지가 보이기는 했으나 지금 상황에선 아무런 의미도 없었다.

"반드시 임무를 완수해야 한다."

사실상 도주는 불가능한 상황.

피할 곳이 없던 사내는 즉시 신호탄을 꺼내 들었다.

심지에 불을 붙이자 엄청난 속도로 하늘로 솟구친 신호탄은 굉음을 내며 천지사방에 사내의 존재를 알렸다.

아군의 지원이나 동료를 부르기 위함이 아니었다.

옥문관을 지키고 있는 군사들. 사내가 원한 것은 그들의 개입이었다.

사내의 의도를 파악했는지 추격대의 움직임이 부산해졌다.

사내를 향해 달려오는 속도가 배는 빨라졌다.

다가오는 적들을 보며 사내가 지금껏 간직해 왔던 전서구를 꺼내 들었다.

힘차게 날갯짓을 하며 하늘로 날아오르는 전서구.

그런데 순식간에 조그만 점으로 변해 날아가던 전서구를 향해 엄청난 속도로 접근하는 것이 있었다.

급격히 가까워진 두 점은 이내 충돌하였고 곧 하나가 되어 지상으로 점점 내려왔다.

"음."

자신이 날려 보낸 전서구가 커다란 매의 발톱에 찍혀 있는 것을 본 사내의 입에서 침음이 흘러나왔다.

전서구를 통해 연락을 할 수 없다는 것이 다시금 확인된 것이다.

하지만 상관은 없었다. 노림수는 어차피 그 전서구가 아니었으니까.

문제는 옥문관의 수비대가 제시간에 움직여 줄 수 있느냐는 것.

전서구를 낚아채고 허공을 우아하게 유영을 하며 내려온 매가 한 중년인의 어깨에 내려앉았다.

"쥐새끼 같은 놈. 결국 잡았구나."

추격대의 수장으로 보이는 자가 이를 부득 갈며 외쳤다.

사내를 잡기 위해 제대로 잠도 자지 못하고 먹지도 못하며 열흘이 넘도록 옥문관 인근에 매복을 하다 보니 꼴이 말이 아니었다.

그 고통이 분노가 되어 사내에게 쏟아졌다.

"뼈까지 씹어 먹어주마."

말이 끝나기도 전에 사방에서 무기가 날아들었다.

만반의 준비를 하고 있던 사내는 즉시 바닥의 모래를 걷어차며 적들의 시야를 흐트러뜨리더니 허리를 최대한 낮춰 전진하며 역수로 잡은 검을 휘둘렀다.

일반적인 검보다 두 뼘 정도 짧지만 단검이라 부르기엔 다소 길었고 검신도 조금은 휘어져 있었다.

"컥!"

수세가 아닌 공세.

기습적인 공격으로 정면으로 다가오던 자의 목숨을 빼앗고 그 옆의 동료마저 전투 불능으로 만든 사내가 찰나의 틈을 이용해 포위망을 빠져나가려 할 때 공격을 명했던 수장이 재빨리 그 틈을 메꾸며 어린아이 몸통만 한 대도를 휘둘러왔다.

한 번의 역공 이후, 사내에게 주어진 기회는 사실상 사라졌다.

기습적인 역공에 동료가 목숨을 잃자 추격대는 한층 신중한 자세로 사내를 몰아붙였고 필사적으로 대항을 했지만 사내의 전신은 이내 무수한 상처들로 뒤덮여 버렸다.

"크헉!"

죽을힘을 다해 버티던 사내의 입에서 단말마의 비명이 터져 나왔다.

"버러지 같은 놈!"

장창으로 사내의 허리를 뚫어버린 중년인이 차갑게 웃었다.

비틀거리며 무너지던 사내의 목이 허공으로 치솟았다.

추격대가 힘없이 쓰러진 사내의 시신을 난도질하기 위해 들개처럼 달려드는 순간 중년인의 탁한 음성이 터져 나왔다.

"그만. 물러난다."

명을 내리는 중년인의 시선은 사내의 시신이 아니라 갑자스런 신호탄에 의문을 갖고 움직인 옥문관 수비대에게 향해 있었다.

두려울 것도 없고 마음만 먹으면 간단히 제거할 수 있었지만 이미 임무는 완수했고 군사들과 충돌을 해봐야 전혀 득 될 것이 없기에 조용히 철수할 생각이었다.

중년인의 명이 떨어졌음에도 분이 쉽게 풀리지 않은 것인지 추격대는 사내의 몸에 몇 번의 칼질을 해댄 뒤에야 비로소 철수를 했다.

추격대가 모두 떠나고 옥문관에서 움직인 수비대가 그들을 쫓는다고 부산을 떨 때였다.

죽은 듯 쓰러져 있던 사내의 품이 들썩이는가 싶더니 손바닥만 한 새 한 마리가 모습을 드러냈다.

땅 밑으로 폴짝 뛰어내린 새는 종종걸음으로 사내의 몸을 몇 바퀴 돌더니 땅을 박차고 하늘로 날아올랐다.

조그만 체구와는 전혀 어울리지 않는 힘찬 날갯짓을 하며 순식간에 사라지는 새의 조그만 발아래, 피 묻은 천 조각이 묶여 있었다.

*　　　*　　　*

"왜 웃는가?"

제갈명이 집무실을 둘러보며 미소를 짓는 진유검에게 물었다.

"무황성의 최고 권력자라 할 수 있는 무황과 군사님의 집무실이 너무 검소해서 놀랐습니다."

"낡았다는 말을 그렇게 돌려도 하는군. 이해하게. 지존각과 군사부는 무황성에서도 가장 오래된 건물이라네."

"오래되고 낡은 것과 검소한 것은 분명히 다른 것이지요."

"칭찬으로 알겠네."

가볍게 고개를 끄덕인 제갈명이 탁자 위에 두툼한 서류철을 올려놓았다.

"지난 삼 년간 암살 사건은 정확히 열두 건이 일어났네. 물론 대다수가 암살이라고 딱히 정의를 내릴 수 없을 정도로 교묘한 사고들이었지만 신천옹의 눈을 피할 수는 없었지. 아, 신천옹은 무황 직속의 정보조직이라네."

"알고 있습니다."

"배후가 밝혀진 사건은 모두 네 건이었네. 하지만 그 사건들 역시 정확한 증좌가 발견되지는 않았네. 심증만 있을 뿐이지."

"조금 의외군요."

진유검은 제갈명이 건네준 서류를 받으며 말했다.

"뭐가 말인가?"

"제가 듣기론 군사께선 후계자 문제에 관해선 중립을 지킨다고 하셨습니다."

"누가 그러던가?"

"딱히 누구라고는 말씀드리기가 그렇군요. 오며 가며 들은 얘기라."

"나뿐만이 아닐세. 무황성에 속해 있는 대다수의 사람은 중립을 지키지. 심정으로야 어느 한쪽을 지지할 수 있겠으나 겉으로 드러내지는 못한다네. 만약 그리되면 지금까지의 혼란과는 비교할 수 없을 정도의 큰 혼란이 무황성을 덮쳤을 테니. 특히 무황성의 정보력을 틀어쥐고 있는 군사부는 후계자 문제에 있어서만큼은 전통적으로 중립을 지켜왔다네."

"그런데 어째서 이번엔 이처럼 적극적으로 나서시는 겁니까?"

"적극적으로 나서는 것으로 보이는가? 난 그저 무황성의 군사로서 수호령주인 자네가 사건의 본질을 정확하게 파악하는데 도움을 주려는 것뿐일세. 자네의 판단 여하에 따라 자칫 무황성에 큰 혼란이 올지도 모르니 말일세."

"그렇군요."

진유검이 이해했다는 듯 고개를 끄덕였다.

"나도 하나 물어도 되겠는가?"

"말씀하십시오."

"어디까지 건드릴 셈인가?"

"아직 결정하지 않았습니다. 아, 이화검문은 제외하고
요."

이미 무황과 나눈 대화이기에 대답에 거침이 없었다.

"성주님께선 뭐라 말씀하시던가?"

"그게 조금 의외였습니다."

"뭐가 말인가?"

제갈명이 의자를 바싹 끌어당겨 앉으며 물었다.

"선을 지켜달라고 말씀하시더군요."

"선?"

"예, 강력하게 처벌을 하되 무황성이 분열을 하거나 무너
지는 일은 없어야 한다고요. 물론 후계자들을 모조리 낙마
시켰으면 하는 의중을 내비치기는 하더군요."

"그랬군."

제갈명이 안도의 숨을 내뱉으며 고개를 끄덕였다.

"한데 묘한 느낌이 들었습니다."

"묘한 느낌이라니?"

"제가 느낀 성주님의 분노는 대단했습니다. 당연하지요. 성주님이 아니라 그 누구라도 그만한 일을 당했다면 참기 어려울 테니까요. 그런데 느껴지는 분노만큼 제게 원한 것은 너무도 상식적인 것이었습니다. 무황으로서의 위치가, 무림을 걱정하는 마음에서 그런 것인지는 몰라도 놀라울 정도로 차분하더란 말이지요. 그게 성주님의 본심인지도 잘 모르겠습니다."

제갈명이 단호히 고개를 흔들었다.

"본심은 아닐 것이네. 어쩔 수 없는 선택이지."

"무슨 뜻입니까?"

진유검이 이해가 가지 않는다는 표정으로 되물었다.

"며칠 전만 하더라도 성주님은 자네의 활약을 고대하고 계셨다네. 무소불위의 권력을 지닌 자네의 도움을 받아 암살 사건에 관계된 자들을 모조리 쓸어버릴 생각까지 하셨으니까."

"한데 어째서 마음이 변하신 겁니까?"

"이유는 여기에 있네."

제갈명이 어둔 표정으로 두 장의 서찰을 건넸다.

서찰을 읽은 진유검이 고개를 갸웃거렸다.

서찰엔 내용을 전혀 파악할 수 없을 정도로 이상한 글귀만 잔뜩 적혀 있었기 때문이었다.

"아무래도 암호 같군요. 무슨 내용입니까?"

"자네가 이곳으로 오기 바로 직전에 도착한 것이라네. 하나는 북해에서, 다른 하나는 남만에서 보내진 것이지."

내용은 알 수 없었지만 진유검은 북해와 남만이란 단어에 예민하게 반응했다.

"북해와 남만이라면……."

"예상하는 것이 맞네. 무황성이 세워진 이래 우리는 단한순간도 세외사패를 잊지 않고 있었네. 중원에서 패퇴한이후, 완전히 몰락을 했다고는 하지만 언제 다시 부활을 할지 모르는 것이었으니까. 그리고 하루 간격으로 도착한 서찰로 인해 세외사패의 움직임이 상당히 심각하다는 것을깨닫게 되었네."

"성주님께서도 그런 말씀을 하시더군요. 세외사패의 움직임이 수상하다고."

"수상한 정도가 아니네. 서찰에 의하면 그들은 이미 과거의 힘을 완전히 회복을 했고 또다시 무림을 노리고 있는 것으로 파악이 되었네. 정확한 시기만 확인하지 못했을 뿐 놈들의 공격은 기정사실이나 마찬가지인 것이지."

"북해와 남만이라면 빙마곡과 야수궁이겠군요. 마불사와 낭인천의 움직임은 어떻습니까?"

"마찬가지라네. 근래 들어 날아오는 정보를 취합해 보면 상당히 위험해. 그래서 성주님이 그런 선택을 한 것이지. 세외사패가 언제 침공할지 모르는 상황에서 최대한 혼란을 줄이고 힘을 비축해야 했기에."

"군사께서도 개입을 하신 듯 보입니다만."

"부탁을 드리기는 했지. 성주님의 분노가 워낙 커서 확신은 하지 못하고 있었지만. 하니 자네도 최대한 신중히 처리를 해주게나."

제갈명의 당부에 진유검은 대답을 하지 않았다. 대신 그가 전한 서류 중에서 배후가 드러났다는 사건에 대한 기록을 빠르게 읽어내려 갔다.

"남궁세가로군요."

"정확히 말하자면 남궁세가와 그들을 지지하는 몇몇 세가라고 할 수 있겠지."

"자신의 무공은 그리 철저하게 감췄으면서 정작 중요한 사건을 노출시킬 줄은 몰랐습니다."

진유검이 서류를 내려놓으며 혀를 찼다.

"운이 좋았네. 신천옹의 요원들이 때마침 그들의 움직임을 주시하고 있었다고 하더군. 그런데 남궁결(南宮潔) 그가 정말 그토록 대단한 고수인 줄은 몰랐네. 이대로 가면 그가 가장 가능성이 높겠어."

"차기 무황으로 거론되는 자들이 또 누가 있습니까?"

"여럿이 있지."

제갈명은 마치 질문을 기다렸다는 듯 설명을 시작했다.

"하지만 가능성이 가장 높은 자들을 꼽자면 당연히 사대
가문의 후보자들이네. 신도세가의 장자인 신도천, 형주 유
가의 유언창(柳彦窓), 이화검문의 문진, 정의문의 이유(李
儒)가 차기 무황의 유력한 후보로 꼽히네. 아, 문진은 이미
자네에 의해 낙마를 하고 말았군."

제갈명은 문진이 진유검에 의해 팔을 잃던 장면을 잠시
상기하다 말을 이었다.

"사대가문 이외에 무당과 화산, 종남파가 밀고 있는 무
엽(無燁) 도장이 있겠고 개방을 필두로 하북 무림의 지지를
받고 있는 태청문(太淸門)의 문주, 그리고 조금 전에 언급
된 남궁세가의 가주 남궁결이 가능성이 높은 후보로 거론
되고 있네. 이외에도 몇 명 더 있기는 하지만 앞서 언급된
자들에 비하면 다소 약하다고 볼 수 있지. 하지만 그래도
가장 강력한 후보는 사공세가의, 다시 말해 무황과 사공세
가의 지지를 받는 인물이라네."

말을 끝낸 제갈명이 한숨을 내쉬었다.

"한데 이제 그럴 만한 후보도 없군. 싹이 보이는 자들은
모조리 제거를 당했으니."

"군사께서 보시기엔 누가 제일 적격으로 보입니까?"

제갈명이 흠칫 놀란 얼굴로 진유검을 바라보았다.

"무슨 의미로 묻는 것인가?"

"별다른 의미는 없습니다. 솔직히 저는 지금 말씀하신 이들이 누군지도 전혀 모르니까요. 다만 군사께서 어떻게 그들을 평가하는지 궁금해서 그렇습니다."

진유검이 어떤 의도로 자신에게 그런 질문을 던진 것인지 잠시 고민하던 제갈명은 이내 머리를 흔들었다.

짧은 시간이지만 그가 판단한 진유검은 잔수를 쓰는 인물이 아니었다.

"다들 뛰어난 인재라는 것은 부인할 수 없고 사실 우열을 가리는 것도 우습네. 다만 어린 나이에 강남의 맹주라는 남궁세가의 가주에 올라 지금껏 뛰어난 능력을 발휘하고 있는 남궁결이 조금은 도드라지더군."

"암살의 배후로 꼽히고 있습니다."

진유검이 탁자에 내려놓았던 서류를 들썩이며 말했다.

제갈명이 씁쓸히 고개를 흔들었다.

"그래서 실망을 금치 못하고 있다네. 최소한 남궁결만큼은 그런 얕은 수를 쓰지 않았으면 싶었거든."

"남궁결이라……."

진유검이 남궁결의 이름을 되뇌며 서류를 다시 한 번 살폈다.

진유검이 서류를 살펴보는 것을 잠시 기다리던 제갈명이 넌지시 물었다.

　"참, 누구를 차출할지 생각해 둔 이들은 있는가?"

　"차출을 하다니요?"

　진유검의 반문에 제갈명이 혀를 찼다.

　"쯧쯧, 내 이럴 줄 알았지. 하면 이 모든 것을 혼자 조사할 생각이란 말인가?"

　제갈명이 탁자 위에 놓인 서류를 가리키며 묻자 진유검이 웃으며 고개를 흔들었다.

　"그럴 리가요. 같이 조사할 사람은 몇 있습니다."

　"영웅지보에 참가한 이들 말이로군."

　"예."

　"전풍이란 친구는 잘 모르겠지만 나머지 세 사람 말일세. 그들이 맞는가?"

　"그들이라니요?"

　진유검은 제갈명이 무엇을 묻고 있는지 눈치는 챘지만 짐짓 모른 척했다.

　"천강십이좌. 아닌가?"

　제갈명이 정색을 하고 묻자 진유검도 더 이상 시치미를 떼지 못했다.

　"어떻게 아셨습니까?"

"의협진가에 모습을 드러낸 이후, 많은 곳에서 자네의 일 거수일투족을 확인하고 있네. 그건 우리도 마찬가지. 자네 가 동정호에서 잠시 모습을 감춘 뒤 난데없이 새로운 동료 들과 함께 움직이는 것이 포착되었을 때, 그리고 그들이 예 사 인물들이 아니라는 것을 확인하면서 천강십이좌를 만났 다는 생각을 하게 된 것이지."

"정확합니다."

"한데 그들이 이번 일에 개입을 한다고 하던가?"

"그렇지는 않습니다만 그래도 서류를 검토하거나 증거를 찾는 정도의 도움은 주지 않겠습니까?"

"확신하는가?"

제갈명과 진유검의 시선이 허공에서 맞부딪쳤다.

"음, 인원이 조금 필요할 수도 있다는 생각이 드는군요."

"그럴 줄 알고 미리 명단을 작성해 놓았다네."

싱긋 웃은 제갈명이 탁자 위에 또 다른 서류 뭉치를 올려 놓았다.

"일단 감찰단과 천목(天目)에서 몇 명을 추려보았네."

"천목이요?"

"신천옹을 알면서 천목을 모르는가? 신천옹은 성주님의 직속, 다시 말해 사공세가의 정보조직이라면 천목은 무황 성, 나아간 전 무림의 정보를 관장하는 조직이라네. 특정한 세력과 연관이 없는 자들로만 골랐으니 원하는 숫자만큼 차출하도록 하게."

"그런데 제 말을 순순히 따르려고 하겠습니까? 그들 입장에서 보면 굴러온 돌일 텐데."

"모든 사람이 알고 있는데 정작 수호령주 본인이 수호령주가 지닌 힘과 지위, 명예를 제대로 모르고 있군."

진유검이 어깨를 으쓱이자 탄식을 내뱉은 제갈명이 약간은 분노한 음성으로 입을 열었다.

"무황성 역사상 지금껏 수호령주가 활약한 경우는 손에 꼽을 정도네. 그리고 수호령주가 나섰을 땐 사안의 경중을 떠나 완벽하게 처리가 되었지. 그 어떤 세력에게도 치우치지 않도록 공정한 결과를 도출했으니까. 군웅들은 그런 수호령주를 향해 절대적인 지지와 힘을 실어주었네. 수호령주를 도왔던 이들 역시 그와 같은 영광을 함께했으며 스스로 엄청난 자부심을 가졌네. 한마디로 수호령주와 함께한다는 것 자체만으로도 목숨을 걸 사람이 수두룩하다는 말일세."

제갈명은 수호령주로서 진유검이 보다 자신의 위치를 잘 알고 제대로 처신을 해주길 바라는 마음에서 열변을 토했지만 진유검은 오히려 부담을 느끼는 듯했다.

"이것 참. 그런 기대는 절대적으로 사양인데요."

"아무튼 명단에 오른 자들의 인적사항 및 특징은 옆에 첨부를 해두었으니 천천히 읽어보고 함께할 인원을 간추려 보게. 내일 오전 중으로 그들을 만나볼 수 있을 것이네."

"알겠습니다. 그렇게 하도록 하지요."

말은 그렇게 하면서도 영 내키지 않는 표정이었다.

"저를 도와줄 인원은 그렇다치고 이것들에 대한 얘기나 조금 더 해보지요. 아무래도 서류상으로 접하는 것보다는 군사님의 설명을 듣는 것이 더 낫지 싶습니다."

진유검이 배후가 드러났다는 네 개의 사건을 적은 서류를 톡톡 건드리며 말했다.

"원한다면."

제갈명은 얘기가 길어질 것이라 생각했는지 싸늘히 식은 찻주전자를 다시 데우기 시작했다.

*   *   *

성명 : 진유검.

나이 : 스물넷.

출신 : 의협진가.

지위 : 무황성의 수호령주.

무위 : 화우검 여회, 오련신검, 신도호 등이 목숨을 잃었고 신도세

가의 최정예라는 화룡대까지 몰살당함. 최근엔 현경의 경지에 이른 듯 보이는 이화검문의 문주를 일격에 패퇴시킴으로써 그 역시 현경의 고수임을 간접적으로 드러냄.

특이사항 : 일곱 살부터 스물네 살까지의 행방을 확인할 수 없음. 현재 추격 중.

딱히 조사라고 할 것도 없는 보고서였다.

부실투성이의 보고서를 가만히 내려놓는 면사 여인은 별다른 말을 하지 않았지만 그녀의 좌측에 앉아 있던 노파는 그렇지 않았다.

노파가 시뻘겋게 달아오른 얼굴로 소리쳤다.

"이놈! 이걸 지금 조사라고 해온 것이냐?"

쇠를 긁는 듯한 노파의 음성에 여인의 안색이 살짝 찌푸려졌다.

"죄송합니다. 시간이 워낙 촉박하여 어쩔 수 없었습니다."

날카로운 눈매를 자랑하는 중년 사내가 차분히 고개를 숙였다.

"수호령주의 지난 행적을 역으로 추적하고 있으니 조만간 좋은 소식이 들릴 것입니다."

"그걸 변명이라고 하는 것이냐?"

노파가 불같이 화를 내며 질책을 이어가자 차분히 앉아 있던 면사 여인이 그녀를 제지했다.

"그만해, 파파."

"하지만……."

"그만하라고 했어."

흑수파파(黑手婆婆)가 화를 누그러뜨리지 못하고 중년 사내, 비상 단주 환종(桓從)을 노려보았다.

면사 여인이 환종에게 시선을 돌렸다.

"단주."

"예, 총령."

환종이 공손히 허리를 굽히며 대답했다.

"시간이 촉박하다는 것은 알지만 이 보고서가 전부라면 실망을 할 수밖에 없을 것 같군요. 단주가 올린 보고서 정도의 내용은 이미 은령을 통해 전해 받았어요."

"죄송합니다. 워낙 갑자기 주목을 받기 시작한지라 시간이 너무 촉박했습니다. 그리고 보고서엔 확실히 사실로 드러난 사안만 기재를 했기 때문에 내용이 다소 부실합니다만 놈의 꼬리를 잡은 듯 보이니 조금만 더 시간을 주시면 보다 정확하고 확실한 보고를 올리도록 하겠습니다."

"꼬리를 잡다니요?"

총령이라 불린 면사 여인이 눈동자를 반짝거리며 물었다.

"진유검은 일곱 살 이후, 의협진가에서 모습을 감췄습니다. 세가 내에선 병사로 알고 있었지만 십칠 년이 지나 귀환을 한 것을 보면 모종의 목적을 가지고 외부에서 지낸 듯합니다. 참고로 의협진가의 역사를 조사하는 과정에서 흥미로운 사실을 확인했습니다."

"그것이 무엇이냐?"

흑수파파가 참지 못하고 물었다.

"의협진가의 많은 후손이 진유검과 비슷한 나이에 병사를 했다는 것입니다."

"어린 나이에 요절하는 것은 흔한 일이다."

흑수파파가 가소롭다는 얼굴로 말했다.

"물론 그럴 수 있습니다. 하지만 그 아이들이 모조리 둘째라면 어떨까요?"

환종의 음성이 사뭇 진지해졌다.

날카롭고 차분한 기세가 비상 수장으로서의 면모를 드러내는 것 같았다.

"뭐라?"

"의협진가가 세상에 모습을 드러낸 이후, 지금껏 온갖 이유를 들어 둘째들이 의협진가에서 사라졌습니다. 특히 중요한 것은 그들 중 다시 돌아온 사람이 전무하다는 겁니다. 오직 진유검만이 돌아왔습니다. 그것도 상상할 수 없을 정도로 강한 무공을 지닌 채."

"요절을 했다는 그 아이들이 사실은 죽은 게 아니라는 말이군요."

총령의 말에 환종이 크게 고개를 끄덕였다.

"그렇습니다. 의협진가는 어떤 목적을 가지고, 아마도 특별한 무공을 수련하기 위함으로 판단됩니다만, 어쨌든 철저하게 세상을 속여 왔습니다. 아니, 세상뿐만 아니라 세가 내의 식솔들에게까지 숨겼습니다."

"징확히 확인을 한 것이냐?"

흑수파파가 여전히 믿기 힘들다는 표정으로 되물었다.

"의협진가의 족보까지 확인했다면 믿으시겠습니까?"

환종의 자신만만한 태도에 흑수파파도 더 이상은 할 말이 없는지 뚱한 얼굴로 입을 다물었다.

"총령."

"말씀하세요."

"억측인지 모르나 의협진가를 조사하면서 한 가지 의문점이 들었습니다."

"무엇인가요?"

"무황성이, 사공세가가 진정 천외천인 것입니까?"

총령의 얼굴을 가린 면사가 크게 흔들렸다.

"무… 슨 뜻이지요?"

되묻는 총령의 음성이 파르르 떨렸다.

"의협진가는 수백 년의 세월 동안 둘째들을 희생해 가며 아무도 모르게 뭔가를 얻으려 했습니다. 진유검의 등장으로 그것이 무공이라는 것은 일단 자명해졌습니다. 현경의 경지로 판단되는 이화검문의 문주가 일격에 패퇴했는데 이 정도의 무위라면 솔직히 본 루에서도 다섯 손가락 안에 꼽히는 실력입니다. 어쩌면 그 이상일 수도 있지요. 솔직히 말씀드려 저는, 비상에선 그의 무위를 가늠하지 못했습니다."

총령과 흑수파파의 눈이 경악으로 물들었다.

"그토록 오랜 세월 동안 노력을 기울여야 하는 무공이라면 제 머릿속에 떠오르는 것은 오직 삼외의 무공뿐. 어쩌면 천외천은 사공세가가 아니라 의협진가일 수도 있다는 생각이 듭니다만."

환종은 면사 여인의 반응을 살피며 말을 아꼈다.

"헛소리 집어 쳐라. 어디서 그런 말도 안 되는 요설을 내뱉는 것이냐?"

흑수파파의 호통은 총령의 제지로 막혔다.

"믿기 힘든 말이지만 진유검이라는 존재를 감안했을 때 단주의 말에도 일리가 있다고 여겨지는군요."

"감사합니다."

"만약 이게 사실이라면 실로 중대한 문제라고 할 수 있어요. 지금까지의 모든 계획을 전면적으로 수정해야 할 가능성도 있고요. 단주."

"예, 총령."

"진유검이 처음으로 모습을 보인 곳이 항주라고 들었습니다. 맞나요?"

"그렇습니다. 해서 항주와 보타산, 나아가 주산군도까지 철저하게 조사를 하고 있습니다. 비상 최고의 요원들을 투입했으니 곧 정확한 사실을 알 수 있을 것입니다."

"최대한 서둘러 주세요. 실로 중대한 문제입니다."

"알겠습니다."

"아, 그리고 은령이 지원을 요청했다지요?"

"예, 이미 명을 내려두었습니다."

"잘하셨습니다."

환종의 빠른 대응에 치하를 한 총령의 시선이 못마땅한 얼굴로 서 있는 흑수파파에게 향했다.

"파파."

"예, 총령."

"원로회의를 소집해 주세요. 이 문제에 대해 논의를 해봐야겠어요."

"아직 확실한 결과가 나온 것도 아닌데 너무 서두르시는 것은 아닌지요."

"아니요. 아버님의 폐관수련이 막바지에 이르렀어요. 폐관수련을 마치시면 곧바로 대업을 이루기 위한 행보가 시작될 터인데 전혀 생각지도 못한 변수가 등장을 했어요. 파파의 말대로 확실하게 드러난 것은 없지만 오히려 기다리다간 늦을 수 있어요. 미리 파악하고 준비를 해두는 것이 중요하지요. 하니 제 말대로 하세요. 오늘 밤, 원로회의를 소집하겠습니다. 단주도 참석토록 하고요."

"명을 받들겠습니다."

흑수파파와 환종이 동시에 대답을 했다.

"의협진가, 수호령주. 이상하게 느낌이 좋지 않아요."

20장

새로운 세력의 태동(胎動)

　무영도 북단, 독고무의 처소.

　이른 아침부터 무영도에 살고 있는 복천회의 핵심 수뇌들이 모조리 모였다.

　그다지 큰 규모가 아닌 무영도였으나 보름에 한 번씩 열리는 정례회의가 아님에도 이처럼 한자리에 모이는 것은 꽤나 이례적인 일이었다.

　"간자가 잠입했다고 들었다."

　쾌검만큼은 스스로 천하제일이라 자부하는 섬전검(閃電劍) 마옥(馬沃)이 방문을 들어서기가 무섭게 날카로운 눈빛을 뿜어내며 말했다.

그의 시선이 향하는 곳에 무영도의 경계를 책임지고 있는 자소도(紫燒刀)가 서 있었다.

"그렇습니다. 모두 세 놈이 잠입을 했는데 두 놈은 자결을 했고 한 놈은 생포를 했습니다."

자소도의 설명에 마옥의 눈썹이 꿈틀거렸다.

"간자들이 자결을 하도록 나뒀단 말이냐? 자소도!"

"예, 장로님."

"네놈은 대체 뭘 하고 있었던 것이냐?"

"죄송합니다."

"진정해."

삼안마도(三眼魔刀) 이혼(李渾)이 금방이라도 자소도를 후려칠 것 같은 기세를 내뿜고 있는 마옥의 어깨를 눌러 앉혔다.

"형님도 저놈이 말하는 것을 듣지 않았소?"

"들었지. 그래도 일단 흥분 가라앉히라고."

"내 이런 일이 벌어질 줄 알았소. 요즘 들어 아주 나태해진 것 같더라니."

마옥이 잡아먹을 듯한 눈빛으로 노려보자 자소도가 붉어진 얼굴로 고개를 떨궜다.

"그만. 소존 앞에서 이 무슨 추태인가?"

마옥은 혈륜전마의 호통에야 비로소 입을 다물었다.

물범의 가죽을 재단하여 얹은 의자에 푹 파묻혀 있던 독고무가 별다른 말이 없자 혈륜전마의 시선이 맞은편에 서 있는 막심초에게 향했다.

"알아낸 것은 있느냐?"

"그것이⋯⋯."

막심초가 곤란한 표정으로 우물쭈물하자 그의 곁에 있던 적안(赤眼)의 노인이 대신 입을 열었다.

"독한 놈일세. 내 살다가 이런 독한 놈은 처음 볼 정도로 질기더군."

"허! 자네의 입에서 독하다는 말이 나온단 말인가."

혈륜전마가 어이없다는 표정을 지었다.

암기술의 달인이자 수백 가지의 고문 기술을 자유자재로 사용하는, 제아무리 입이 무겁고 심지가 굳은 자라 하더라도 일각이면 살려달라고 바짓가랑이를 붙잡도록 만들 수 있다는 악휘(岳徽)가 질렸다는 얼굴로 고개를 흔든다는 것은 가히 상상도 할 수 없는 일이었다.

"그래도 한 가지는 알아낼 수 있었네."

악휘가 막심초를 향해 눈짓을 하자 막심초가 재빨리 입을 열었다.

"놈의 이름과 나이, 소속은 전혀 파악할 수가 없었지만 무슨 이유로 무영도에 잠입했는지는 확인을 했습니다."

"무슨 이유더냐?"

"놈은 진 공자님의 행적을 쫓고 있었습니다."

"진… 공자?"

되묻는 혈륜전마의 반응이 묘했다.

혈륜전마는 간자들이 무영도에 잠입했다는 것을 상당히 심각하게 받아들였다.

그들을 천마신교가 복천회의 흔적을 찾기 위해 파견한 간자라 여긴 것이다.

간자가 출몰할 정도라면 천마신교에서도 무영도의 상황에 대해서 나름 파악을 했다는 것이고 자칫하면 대대적인 공격을 받을 수도 있다고 판단했다.

어느 정도 준비는 되어 있다고는 해도 아직은 정면으로 부딪칠 시점이 아닌 터.

어찌 대처를 해야 할지 고심을 하고 있었건만 전혀 엉뚱한 이름이 흘러나오니 안도를 하면서도 어딘지 모르게 맥이 탁 풀린 듯한 느낌이었다.

"그렇습니다. 놈들은 진 공자의 행적을 역추적하여 이곳까지 이른 것입니다. 항주는 물론이고 주산군도의 거의 모든 섬, 심지어 보타산까지 샅샅이 뒤진 것으로 확인하였습니다."

"천마신교가 아니라니 일단 다행으로 생각해야겠군."

혈륜전마가 쓴웃음을 지었다.

"꼭 그렇게 생각할 일은 아닌 것 같네."

전풍이 언젠가 눈만 찢어진 영감이라 폄하했던 마도제일 뇌 사도은(司徒隱)이 심각한 얼굴로 고개를 저었다.

"무슨 말인가?"

"잠시 취조 과정을 지켜보았네. 그리고 확실히 느꼈지. 무영도에 침입한 간자는 고도의 훈련을 받은 뛰어난 요원이라는 것을. 단순히 고문을 견디는 능력이 뛰어나서 하는 말이 아니라네. 놈들을 제압하는 과정에서 몇이나 당했지?"

사도은이 침통한 표정을 짓고 있는 자소도에게 물었다.

"모두 열다섯이 당했습니다."

"이런 머저리 같은 놈들! 고작 간자 몇 놈 잡자고 열다섯이나 당했단 말이냐?"

미처 피해 상황을 전해 듣지 못했던 마옥이 입에 머금고 있던 찻물을 토해내며 지붕의 기왓장이 들썩일 정도로 거칠게 소리쳤다.

"사도 장로님의 말씀대로 보통 간자가 아니었습니다. 개개인의 실력이……."

"닥쳐랏! 어디서 변명을 늘어놓으려는 것이냐?"

"어허! 너무 다그치지 말라니까. 직접 상대를 해본 결과 녀석 말대로 보통 놈들이 아니었어."

삼안마도의 말에 마옥의 두 눈이 휘둥그레졌다.

"직접 상대를 해보았소?"

"그래. 놈들이 발각된 곳이 노부의 처소 인근이었으니까. 심심파적 삼아 구경이나 하려 했는데 피해가 커서 결국 나설 수밖에 없었지. 한데 놀라운 것은 단순히 강한 것을 떠나 놈들이 사용하는 무공이 지금껏 전혀 접해보지 못한 무공이었다는 것이야."

"허! 대체 어떤 놈들이기에."

무영도에 숨어들어 온 간자들이 정사마 가릴 것 없이 거의 모든 무공에 대한 탁월한 안목이 있는 삼안마도가 전혀 알아보지 못한 무공을 사용한다는 것에 놀란 마옥의 입에서 절로 탄성이 터져 나왔다.

"나도 처음엔 천마신교에서 보낸 자들로 착각을 했었지. 하지만 간자들이 진 공자를 쫓아왔다는 소리를 듣고 큰 혼란에 빠질 수밖에 없었네."

사도은이 골치가 아프다는 표정을 지으며 말을 이었다.

"본가로 돌아간 진 공자는 무림에 풍운을 몰고 다니고

있네. 이미 신도세가와 이화검문이 제대로 망신을 당했고 또 수호령주로서 무황을 도우려는 것 같으니 이후에도 많은 활약을 하겠지. 당연히 진 공자와 척을 진 자들은 진 공자의 과거 행적에 대해 추적을 하겠고. 문제는 과연 어떤 세력에서 저 같은 간자들을 키워낼 수 있는냐는 것인데."

"무황성에서 보낸 자들일 수도 있겠지."

깊숙이 몸을 누이고 있던 독고무가 상체를 살짝 세우며 말했다.

"내가 무황이라도 궁금할 것 같은데 말이지. 의협진가가 전통의 명문이긴 하나 말 그대로 차원이 다른 괴물이 난데없이 나타난 것이니까. 확인 차원에서라도."

사도은이 고개를 흔들었다.

"무황성이라면 간자들이 천목의 요원이란 말인데 천목은 정보력은 뛰어날지 모르지만 각 요원의 무공이 뛰어난 곳은 아닙니다. 무황이 직접 부리는 신천용 또한 마찬가지고요. 무엇보다 그들이 사용하는 무공을 삼안마도가 몰라본다는 것은 말이 되지 않습니다."

독고무의 시선이 삼안마도에게 향했다.

"노부가 비록 모든 무공을 익히고 사용할 수 있는 것은 아닙니다만 무림에 산재한 어지간한 세력의 무공은 한눈에 알아볼 수 있습니다. 저들은 결코 세간에 알려진 문파나 세력의 보낸 간자들이 아닙니다."

"흠."

독고무가 흥미 어린 표정으로 턱을 괴었다.

독고무와는 달리 사도은의 얼굴은 심각했다.

"그런 자들이 진 공자를 찾고 있습니다. 연락이 끊긴 이상 앞으로 계속해서 간자를 보내올 가능성이 높습니다. 하면 우리의 정체도 외부에 노출될 수밖에 없습니다."

"확실히 그렇겠군."

"일리가 있어."

비로소 사태의 심각성을 깨달은 이들의 안색이 딱딱하게 굳어갔다.

웅성거림은 혈륜전마가 다시 입을 열기까지 한참이나 이어졌다.

"대책은 있는가?"

"글쎄, 이미 저들의 목표가 될 것이 확실하니 딱히 막을 방법이 있을 것 같지는 않군. 최선이라면 지금처럼 정보가 새어 나가지 않도록 최대한 빨리 간자들을 색출하는 것뿐이겠지."

사도은의 원론적인 말에 혈륜전마가 실망감을 감추지 못할 때 독고무가 나직한 웃음을 터뜨렸다.

"망할 녀석. 보내줄 것이 없어서 간자를 보내다니. 하긴, 어쩌면 이것이 녀석다운 건지도 모르겠지만. 혈륜전마."

"예, 소존."

"원치 않은 선물이지만 그래도 녀석 덕분에 결단을 내릴 수 있을 것 같다."

"결단이라고 하시면……."

"무영도를 떠난다."

"예? 아직은 때가 아닙니다."

혈륜전마가 깜짝 놀라 고개를 흔들었다.

"때는 기다리는 것이 아니라 우리가 만들면 된다. 사도 장로는 어찌 생각하지?"

"혈륜전마와 같은 생각이기는 하나 무영도가 세상에 드러나는 것은 시간문제라고 할 수 있습니다. 어차피 드러날 것이라면 미리 움직이는 것도 나쁘지는 않을 것 같습니다."

"같은 생각이다. 무엇보다 우리가 계속해서 이곳에 눌러 앉아 있으면 무영도를 시끄럽지 않게 만들겠다고 녀석과 한 약속을 지킬 수 없게 돼."

복천회의 미래가 아니라 진유검과의 약속을 우선시하는 듯한 독고무의 태도에 다들 못마땅한 듯했으나 대놓고 불만을 토로하지는 못했다.

"현재 무영도에 남아 있는 인원이 몇이나 되지?"

"삼백이 조금 안 됩니다."

갑작스레 무영도를 떠나는 것이 마음에 들지 않는지 대답하는 혈륜전마의 목소리에 기운이 없었다.

"생각보다 적군."

"외부에서 활동하는 인원을 계속 늘려온 덕분입니다."

"최대한 빨리 떠날 수 있도록 준비하도록 해. 아, 그렇다고 모든 것을 버리고 갈 생각은 하지 말고. 이곳은 우리의 고향이자 최후의 보루 같은 곳이니."

"알… 겠습니다."

혈륜전마가 자신의 결정에 불만이 있다는 것을 알지만 독고무는 그것이 단순한 개인의 불만이기보다는 복천회의 미래를 걱정하는 마음이라는 것을 알기에 전혀 문제 삼지 않았다.

"사도 장로."

"예, 소존."

"거처를 옮긴다면 어디가 가장 좋을까?"

사도은이 기다렸다는 듯 일말의 주저함도 없이 대답했다.

"항주입니다."

"어째서?"

"항주는 오래전부터 본회의 수하들이 활동을 하며 영역을 구축한 곳입니다. 자금을 확보하기 싶다는 이점도 있고요."

"자금 문제라면 일전에 유검이 흑월방을 넘겨주면서 상당한 금액이 유입되는 것으로 아는데."

"그렇긴 합니다만 앞으로 세를 불려 나가려면 더욱더 많은 자금이 필요합니다. 딱히 어떤 이권에 손을 댈 수 없는 지금 항주만큼 자금 확보가 용이한 곳은 없을 겁니다. 더불어 항주에 무황성의 지부가 있다는 것도 유리한 점입니다."

"무황성 지부라니. 무슨 뜻이지?"

독고무는 물론이고 모든 이들이 사도은의 말에 의문을 표했다.

"우리가 무영도를 벗어나는 순간, 천마신교의 이목을 피할 길은 없습니다. 어떤 식으로든 공격을 해오겠지요. 하지만 항주에 정착을 한다면 그들도 함부로 도발을 할 수가 없습니다."

"무황성의 지부를 신경 쓴다는 말이군."

혈륜전마가 이해를 했다는 듯 고개를 끄덕였다.

"맞네. 제아무리 천마신교의 위세가 대단해도 무황성을

넘지 못함은 세상천지가 다 아는 사실이지. 더구나 현재의 무황성은 그 어느 때보다 강성한 힘을 자랑하니 더욱 그렇네."

"어쩐지 비참한 느낌이 듭니다. 무황성의 그늘에 숨어야 한다는 것이."

마옥이 입술을 비틀어 깨물며 말했다.

"힘없는 자의 설움이니 그 정도는 감수해야겠지. 한데 무황성에서 우리를 적대시하지는 않겠습니까?"

삼안마도가 물었다.

"우리가 무황성과 척을 질 생각이 없다는 것만 보여주면 괜찮으리라 보네. 우리가 천마신교와 다투고 있다는 것도 금방 파악을 할 것이고."

"설명대로 항주가 최선인 것 같군. 항주에는 누가 있지?"

나른해 보였던 초반과는 달리 무영도를 나간다는 생각 때문인지 독고무의 전신에선 생기가 돌았다.

"도윤이 있습니다. 아, 아래쪽 상황을 파악하기 위해 외유를 나갔던 고독귀(孤獨鬼)와 귀두파파(龜頭婆婆)도 합류를 했겠군요."

"잘됐네. 이곳으로 돌아오지 말고 도윤을 도와 우리를 맞을 준비를 하라고 해. 삼안마도와 섭전검도 섬에 있을 게

아니라 항주로 출발하는 것이 좋겠어. 아무래도 파리 떼가
꼬일 것 같으니 말이야."

"알겠습니다."

"존명!"

정중히 명을 받는 삼안마도와는 달리 오랜만에 뭍에 오
르는 마옥은 연신 어깨를 들썩이는 것이 약간은 흥분한 모
습이었다.

"준비를 하는데 며칠이나 걸릴까?"

독고무가 혈륜전마와 사도은을 번갈아 바라보며 물었
다.

"이곳을 정리하는 데는 큰 문제가 없습니다. 경계와 관
리를 할 최소한의 인원만 남겨두고 그냥 떠나면 되니까
요. 다만 항주에선 다소 시간이 필요할 것이라 예상합니
다."

혈륜전마가 대답했다.

"지금 상황에서 군이 은밀히 움직일 필요는 없잖아. 결정
된 이상 머뭇거릴 필요는 없다고 보는데."

"그래도 최소한의 준비는……."

독고무가 혈륜전마의 말을 자르며 손가락을 쫙 폈다.

"닷새 후, 항주로 간다."

복천회의 항주 입성은 그렇게 결정됐다.

*   *   *

천추지연의 마지막 날, 영웅지보에서도 단연 뛰어난 활약을 펼친 정의문의 이군학이 천추지연의 꽃이라 불리는 비무대회의 승자로 결정되었다.

이군학은 예선부터 결승까지 내리 여섯 번을 싸우면서 결승 상대였던 사천당가의 당가려(唐佳麗)에게 잠시 고전을 했을 뿐 그 외의 상대에겐 그야말로 압도적인 실력 차이를 보이며 우승했고 군웅들의 열렬한 지지와 환호성을 받았다.

뜨거웠던 비무대회의 열기도 잠시, 사람들의 시선은 영웅지보에서 충격적인 등장을 한 진유검과 그에게 쓰디쓴 패배의 맛을 보았던 이화검문에 집중되었다.

지금껏 보여주었던 진유검의 거침없던 행보를 감안했을 때 이화검문, 나아가 무황성에 대파란이 있을 것이란 예상이 가능했기 때문이었다.

그러한 예측 때문인지 이화검문의 제자들의 거처인 용우각(龍雨閣)의 분위기는 착 가라앉아 있었다.

최소한 보름은 꼬박 정양을 해야 회복될 정도로 깊은 내상을 당한 문일청이 창백한 얼굴로 중앙에 앉아 있었고 그를 중심으로 천추지연에 참석한 원로와 장로 다섯 명이 좌우로 마주앉아 있었다.

며칠 동안 의협진가와 얽힌 매듭을 어찌 풀어야 하는 것인지에 대해 열띤 토론을 벌였으나 명확하게 결론은 나지 않았다.

당연히 복수를 해야 한다는 주전파가 다수를 차지하는 가운데 원로원주 유산조만이 거의 유일하게 의협진가와의 화해를 주장했다.

"허! 정말 답답하구려. 수많은 군웅 앞에서 문주께서 패퇴를 하셨고 소문주는 팔이 잘리는 수모를 당했거늘 참아야 한다는 원로원님주의 말씀을 노부는 도통 이해할 수가 없소이다."

누구보다 강경한 입장을 고수하고 있던 한규(漢奎)가 답답하다는 표정을 감추지 못하고 말했다.

"한 원로님의 말씀이 맞습니다. 게다가 말이 화해지 일방적으로 고개를 숙이고 무릎을 꿇자는 말 아닙니까? 또 그런 굴욕적인 사과를 한다고 해도 수호령주가 이에 응할지도 의문입니다."

장로 주고웅(周孤雄)이 노골적으로 반대 의사를 표명했다.

"자네도 같은 생각인가?"

유산조가 범창(范彰)에게 물었다.

덩치는 모인 사람들 중 가장 왜소했고 말수도 적어 존재감 자체가 없어 보였지만 누구보다 날카롭고 빠른 검을 지닌 그는 이화검문이 자랑하는 최고의 고수 중 한 명이었다.

"글쎄, 전에도 말했지만 노부는 잘 모르겠네. 정확한 판단을 내리기가 어렵군. 마음 같아선 한 장로 말대로 당장 응징을 했으면 싶으나 영웅지보에선 보여준 수호령주의 실력이 너무도 뜻밖인지라……."

"설마 놈에게 겁을 먹은 겁니까?"

주고웅이 벌컥 화를 내며 물었다.

옆에 있던 장로 종청인(宗請忍)이 황급히 입을 틀어막고자 했지만 이미 엎질러진 물이었다.

"겁? 지금 노부에게 겁이라고 하였나?"

범창의 눈빛이 싸늘해지자 일시적인 흥분을 이기지 못하고 자신이 얼마나 큰 실언을 했는지 깨달은 주고웅이 재빨리 사과를 했다.

"용서해 주십시오, 선배님. 제 말이 지나쳤습니다."

한규가 주고웅을 두둔하며 나섰다.

"자네가 이해하게. 주 장로의 급한 성격을 자네도 알지 않는가."

범창이 씁쓸히 웃으며 고개를 저었다.

"아니네. 따지고 보면 주 장로의 말이 맞을지도. 어쩌면 놈에게 겁을 먹은 것일 수도 있으니."

문일청을 제외하고 모인 이들 중 가장 강하다고 인정받는 범창의 입에서 전혀 뜻밖의 말이 흘러나오자 다들 기함하는 표정을 지었다.

"겁이라니? 자네가?"

한규가 놀라 되물었다.

"늙은 목숨이 끊어지는 것이 겁날 게 무엇인가? 강한 자를 만나면 쓰러지는 것이 당연한 것이지. 다만 노부가 진정 겁나는 것은 싸움의 여파가 우리만으로 끝날 것이냐 하는 것일세."

"하면 선배님은 우리가 수호령주에게 패할 것이라 생각하십니까?"

종청인이 물었다.

"정확한 것은 싸워보기 전에는 알 수 없겠지. 그러나 느낌대로라면 아무래도 그럴 것 같군. 문주님께서 건강하시면 얘기는 달라지겠지만 부상이……."

범창이 문일청을 바라보며 말끝을 흐렸다.

"일대일의 대결이야 그렇다 해도 우리가 합공을 한다면 문제될 것이 전혀 없습니다."

주고웅의 말에 종청인이 슬며시 몇 마디 말을 덧붙였다.

"세인들의 비난을 감수할 수 있다면 말이지."

"지금 상황에서 외부의 시선 따위는 상관없어. 일단은 놈을 박살 내고 볼 일이지."

주고웅이 흥분하여 말했다.

"그도 간단치 않아. 무황이야 이미 중립을 선언했다고는 하나 수호령주도 혼자는 아니지. 영웅지보에서 봤잖아. 우리 아이들이 그놈이 데리고 다니는 수하 하나를 어찌지 못했어. 게다가 실력을 알 수 없는 자들이 셋이나 더 되고."

"음, 확실히 그놈들은 신경이 쓰이더군. 예사롭지 않아 보였어."

범창은 전풍이 연무장을 헤집고 다니는 사이 한가로이 잡담을 나누고 있던 여우희 등을 떠올리며 인상을 찌푸렸다.

"문주께선 어찌 생각하시는가?"

유산조가 지금껏 침묵을 지키는, 아직도 병색이 완연한 문일청에게 물었다.

"범 원로 말씀대로 솔직히 합공을 한다고 해도 이길 수 있을지는……."

말끝을 흐렸지만 모인 이들 모두 문일청이 하고자 하는 말을 알아들었다.

"문주께서 놈을 너무 과대평가하시는 것은 아닌……."

강하게 반발을 하던 주고웅은 문일청이 자신을 빤히 바라보자 조용히 입을 다물었다.

"현경의 경지가 어떠하다고 보는가?"

"……."

문일청은 주고웅이 대답을 하지 못하자 탄식을 하며 말을 이었다.

"십초지적."

주고웅이 멀뚱멀뚱 바라보자 설명을 덧붙였다.

"자네를 십 초 이내에 쓰러뜨릴 자신이 있다는 말이네."

"문주님."

주고웅이 다소 불쾌한 빛을 내비쳤다.

문일청이 이화검문의 문주라면 그 역시 평생 동안 검에 모든 것을 받친 이화검문의 장로.

차이가 나는 것은 인정을 한다고 해도 십초지적은 있을 수 없는 일이었다.

"자만심이라 생각하지 말게. 농이라고도 생각하지 말고. 이는 자신감일세. 믿을 수 없다면 묻겠네. 노부가 수호령주에게 한 공격을 감당할 수 있겠는가?"

"그, 그건……."

주고웅은 문일청이 진유검을 상대하면 보여주던 무위를 떠올리며 말을 잇지 못했다.

그가 보기에도 당시 문일청의 무공은 압도 그 자체였으니까.

"평생 동안 노부를 괴롭히던 벽을 깨고 마침내 오른 현경의 경지는 실로 놀라웠지. 천하에 이기지 못할 상대가 없다고 생각할 정도로 자신감에 충만했네. 그런 노부가 수호령주의 일검을 감당하지 못했어. 방심? 천만에. 그만한 상대를 두고 어찌 방심을 할 수 있을까. 그러나 결과는 모두가 보았듯이 처참했지. 너무도 어이가 없는 패배를 당해서 지금껏 어째서 그토록 허무하게 패했는지 생각을 해보았네. 수백, 수천 번 당시의 상황을 떠올려 보고 고민을 해보았지만 결론은 하나였네."

문일청이 잔뜩 긴장한 이들을 둘러보며 말했다.

"그만큼 상대가 뛰어난 고수라는 것. 어쩌면 그는 현경의 경지를 뛰어넘었을 수도 있네."

다들 두 눈을 부릅뜨고 입을 쩍 벌렸다.

이쯤 되면 할 말이 없어지는 상황이었다.

당금 무림에 현경의 경지에 올랐다고 알려진 고수가 열

손가락이 채 안 되는데 그 이상의 경지라니!

"하면 무황보다 강하다는 말씀입니까?"

종청인이 마른침을 삼키며 물었다.

"무황도 강하지만 수호령주는 더 강하네. 확실히."

문일청의 선언과도 같은 말에 아무도 입을 열지 못했다.

그것으로 진유검과의 싸움은 사실상 끝난 것이나 다름없었다.

심지어 그토록 강경하게 싸움을 주장했던 한규와 주고웅마저도 꿀 먹은 벙어리가 되어버렸다.

이제부터 그들의 진짜 고민은 싸움을 하느냐가 아니라 진유검의 손에서 어떻게 하면 문파의 안위를 지킬 수 있느냐는 것으로 변해 버렸다.

이화검문이 자신들의 거취를 두고 고민에 휩싸여 있을 때 진유검과 제갈명 또한 심각한 얘기를 나누고 있었다.

"이것 때문에 자네를 급히 보자고 한 것이네."

제갈명이 전에 없이 무거운 표정을 지으며 봉투 하나를 건넸다.

진유검이 봉투를 열자 피로 물든 천조각 하나가 모습을 드러냈다.

"이것이 무엇입니까?"

"일단 거기에 적힌 내용을 읽어 보게."

진유검이 천조각으로 다시 시선을 돌렸다.

사패일통(四覇一統)

흐릿한 글귀가 몇 있었지만 알아볼 수 있는 것은 그것 하나뿐이었다.

"사패라면 세외사패를 말씀하시는 겁니까?"

"맞네. 최근 들어 세외의 움직임이 심각하다는 말했을 것이네."

"그랬지요."

"하지만 이 정도까지 심각할 줄은 솔직히 전혀 생각하지 못했네. 사패가 하나가 되다니! 그 옛날, 놈들이 중원무림을 침공을 해올 당시에도 연합의 형태였지. 그랬기에 패퇴시킬 수 있었던 것이었고. 만약 그들이 하나의 세력으로 뭉쳐 있었다면……."

제갈명의 표정이 더없이 어두워졌다.

"이것은 누가 보낸 것입니까?"

진유검이 피 묻은 천조각을 다시 살피며 물었다.

"대막에서 보내온 것이네. 천목 최고의 요원이 목숨을 버려가며 확인한 정보라네."

"다른 내용은 무엇인지 확인이 되었습니까?"

"핏자국과 워낙 흘려 쓴 글귀라 해석하기가 힘들었지만 어느 정도 확인은 했네. 그가 알려온 소식은 세 가지네. 세외사패가 일통되었고 곧 중원무림을 침공하리라는 것. 마지막으로 세 개의 글자가 더 있는데 판독이 가능했던 것은 앞뒤의 두 글자뿐이었네."

"무엇입니까?"

"산(山). 산이라는 글자였네."

"음."

진유검의 입에서 침음이 흘러나오는 것을 제갈명은 놓치지 않았다.

"짐작 가는 것이라도 있는가?"

"글쎄요. 너무 억측 같은 것이라."

"말해주게. 억측이어도 상관없네. 어쩌면 중원무림의 운명이 걸릴 수도 있는 문제야."

제갈명의 말에 잠시 고민을 하던 진유검이 탁자 위에 놓인 붓을 들었다.

그리곤 천조각에 쓰인 글자를 적었다.

제갈명이 나란히 적힌 '山' 자를 보며 침을 꿀꺽 삼킬 때 진유검이 두 글자 사이에 하나의 글자를 더 적었다.

산외산(山外山)

"산… 외… 산?"

또박또박 글자를 읽는 제갈명의 이마에 주름이 가득했다.

진유검이 적은 글자가 어떤 의미가 있는 것인지 파악하기 위해 천재로 이름 높은 그의 머리가 맹렬하게 회전을 했다.

잠시 후, 제갈명이 실망 가득한 표정으로 물었다.

"자네 지금 무림삼비의 산외산을 말하는 것인가?"

"확실한 것은 아닙니다. 추측일 뿐이지요."

진유검이 제갈명의 눈치를 보며 슬며시 웃었다.

"어째서 그런 생각을 한 것인가?"

"세외사패는 스스로는 결코 하나가 될 수 없습니다. 잘해 봐야 옛날처럼 연합의 형태로 움직일 수밖에 없겠지요. 수백 년 동안 자신의 지역에서 패주로 군림했기 때문에 자존심 때문이라도 결코 머리를 숙일 자들이 아닙니다. 그런 세외사패가 하나가 되었다는 것은 그들의 자존심을, 머리를 숙이게 만든 힘이 있다는 것을 의미합니다. 저들의 동태를 계속 살펴보셨다니 여쭙겠습니다. 세외사패 중 다른 삼패를 압도할 만한 힘을 지닌 곳이 있습니까?"

"어, 없네. 빙마곡이 다소 강하기는 해도 차이라 해봐야 미미한 수준일세."

"그럼에도 사패가 일통이 되었다는 것은 그들을 굴복시킨 제삼의 힘이 있다는 것을 의미합니다. 그리고 천목의 요원은 그것을 알아낸 것 같군요."

"그것이 산외산이다?"

제갈명은의 입에서 한숨을 흘러나왔다.

"예."

"하지만 무림삼비는 저잣거리에서나 떠도는 전설일세. 광천자라는 미치광이가 지어낸 얘기에 불과하다는 말이네."

"전설이 아니라면 어쩌시겠습니까?"

"무슨 뜻인가?"

되묻는 제갈명의 얼굴엔 짜증이 가득했다.

심각한 상황에서 진유검이 자꾸만 쓸데없는 주장을 늘어놓는다고 여긴 것이다.

"일외출 군림천하! 이외출 난세천하! 삼외출 혈풍천하! 광천자의 예언은 단순한 전설이 아니라 무림의 안녕을 격정한 현자의 경고였습니다."

너무도 진지한 진유검의 음성에 제갈명은 입을 열지 못

했다.

"천외천은 오래전에 무림에 나왔습니다."

"무, 무슨 말도 안 되는……."

제갈명의 반응에 상관없이 말을 이어갔다.

"그리고 이제 산외산이 무림에 모습을 드러냈습니다. 이는 곧 난세천하가 열렸음을 의미하는 것. 어쩌면 루외루까지 움직이고 있을지 모르겠군요."

"그만하게. 그건 단순한 전설이라니까!"

제갈명이 더 이상 참지 못하고 소리쳤다.

"그럼 군사께서 무황께 직접 확인하시지요. 광천자의 예언이 단순한 전설인지 아니면 눈앞에 닥친 현실인지를."

"자네 정말……."

"그거 아십니까? 군사께선 이미 천외천에 몸을 담고 계십니다."

제갈명의 몸이 그대로 굳었다.

"사공세가, 아니, 무황성이 곧 천외천이라는 말입니다."

꽝!

머리에 벼락이 쳤다.

머릿속이 하얗게 변해 버렸다.

절대로 사실일 리가 없다고 여기면서도 완전히 부정하지 못하는 것은 확신에 찬 진유검의 음성 때문이리라.

극도로 혼란에 빠진 제갈명과는 달리 진유검은 차갑게 가라앉은 눈빛으로 피에 젖은 천조각을 바라보고 있었다.

난세천하가 도래했다.

21장

가벼운 경고(警告)

"어찌 알았나?"

질문을 던지는 무황의 표정은 전에 없이 심각했다.

그런 무황의 옆, 제갈명이 넋이 나간 얼굴로 멍하니 앉아 있었다.

그는 아직도 무황성이, 사공세가가 천외천이라는 것을 믿지 못하겠다는 얼굴이었다.

제갈명을 흘깃 바라본 진유검이 웃으며 물었다.

"산외산이 모습을 드러냈다는 사실보다 그것이 더 중요한 것입니까?"

"어쩌면. 본가가 천외천이라는 것을 아는 사람은 오직 본가의 직계들뿐이네. 음, 어쩌면 그들도 알고 있을지 모르겠군. 음지에 있던 그들과는 달리 우린 어쨌거나 세상에 모습을 드러냈으니."

"제가 그쪽 사람일 수도 있다고 여기시는군요."

"부인하지 않겠네. 자네가 지닌 무공 실력을 간과할 수도 없는 노릇이고."

노골적으로 의심 운운은 하지 않았지만 진유검을 바라보는 무황의 눈빛엔 경계심이 가득했다.

진유검은 지존각 주변을 에워싸고 있는 자들의 숫자가 급격히 늘어가는 것을 느끼며 쓴웃음을 지었다.

통상적으로 지존각을 지키는 호위대뿐만 아니라 무황의 직속 전투단까지 동원된 듯싶었다.

"자, 이제 대답을 해주겠나? 본가가 천외천이라는 사실을 어찌 안 것인가?"

무황이 다시 물었다.

진유검이 물끄러미 무황을 응시했다.

세외사패를 물리치고 무황성을 세운 이후, 삼백 년 가까운 세월이 흘렀지만 천외천은 무명초자의 걱정과는 달리 정도를 지키며 무림의 평화를 지키고 유지하고자 애를 써왔다.

자신이 남긴 유산으로 인해 천하에 혼란이 오는 것을 막으라는 것이 무명초자가 의협진가에 내린 사명이라면 천외천은 무명초자의 유지를 지키기 위해서 함께 손을 잡아도 무방한 곳이었다.

그러나 점점 차가워지는 무황의 반응에 약간의 반발심도 일었고 산외산과 루외루가 아직 제대로 모습을 드러내지 못한 상황에서 자신이 무명초자의 후인이라는 것을 알리고 싶지 않았던 진유검은 엉뚱하게 광천자를 끌어들였다.

"정확히는 모르지만 본가의 조사님 중 한 분이 광천자와 인연이 있으셨습니다."

"광천자와?"

무황이 의외라는 듯 눈을 크게 뜨며 되물었다.

"그렇습니다. 초대 무황을 배출한 사공세가가 천외천임을 알려주신 것도 바로 그분입니다."

"사실인가?"

"그렇습니다. 그렇지 않다면 사공세가에서도 직계들만이 알고 있다는 비밀을 어찌 제가 알고 있겠습니까?"

"산외산과 루외루 또한 암중으로 우리를 주시하고 있을 수 있다고 말했네만."

무황은 여전히 의심의 눈초리를 거두지 않았다.

"무황께선 뭔가 큰 착각을 하고 계시는군요."

진유검의 한쪽 입꼬리가 살짝 올라갔다.

"착각? 뭐가 착각이란 말인가?"

"제가 산외산이나 루외루 쪽의 사람이라면 이런 상황 자체가 만들어지지 않습니다. 지금처럼 의심을 살 것이 뻔한데 굳이 드러낼 이유가 없으니까요. 게다가 수호령주입니다. 수호령주의 지위를 이용하면 얻을 수 있는 것이 무궁무진한데 뭐하러 위험을 자초하겠습니까?"

"음."

상식적으로 생각해 봐도 틀린 말이 아니었다.

진유검의 말에 반론할 논리가 없었던 무황의 입에서 나직한 신음이 흘러나왔다.

무황의 말문이 막히자 그제야 겨우 정신을 수습한 제갈명이 문득 물었다.

"하면 자네의 무공도 광천자와 연관이 있는 것인가? 의협진가가 명문이라는 것을 부정하는 것은 아니나 그것이 아니라면 자네의 무위는 도저히 설명이 되지 않는군."

"세상에 알려진 것이 본가의 전부는 아닙니다."

진유검은 완곡한 표현으로 자신의 무공이 광천자와는 상관이 없음을 설명했다.

조금 더 캐묻고 싶었으나 어쩌면 가문의 비밀이라 할 수 있는 사안을 계속해서 파고드는 것은 예의에 어긋나는 일이었기에 몇 번을 머뭇거리던 제갈명은 결국 입을 다물었다.

"설명이 되었습니까?"

진유검의 물음에 무황이 묵묵히 고개를 끄덕였다.

의혹을 완벽하게 해소한 것은 아니나 진유검의 설명에는 분명 설득력이 있었다.

무엇보다 무황성이 처음 만들어졌을 때부터 지금까지 보여준 의협진가의 한결같은 모습은 진유검의 주장에 나름 믿음을 심어주었다.

"하면 이제 어찌하실 생각입니까? 광천자의 예언이 아니더라도 산외산이 세외사패를 일통시켰다면 난세는 피할 수가 없습니다."

"일단 천목의 요원이 알아낸 정보대로 세외사패가 일통된 것이 확실한 것인지부터 확인해야겠지. 자네의 추측대로 그들을 일통한 세력이 산외산인지도. 군사."

"예, 성주님."

"가용할 수 있는 모든 정보원을 세외로 보내도록 하게."

제갈명의 미간에 주름이 잡혔다.

"천마신교의 움직임도 심상치 않아 그쪽으로 많은 인원을 돌렸습니다. 자칫 정보력의 공백이 생길까 걱정이 됩니다."

"천마신교는 신청웅에게 맡기도록 하지. 그쪽에 있던 천목의 요원들은 즉시 남만으로 보내게."

"바로 조치하겠습니다."

무황이 신천웅을 동원한다는 말에 제갈명이 반색했다.

사공세가의 정보조직이자 무황의 직속으로서 활동하는 신청웅의 정보력은 천목처럼 광범위하지는 못하지만 요원 개개인의 능력만큼은 천목의 요원들을 능가할 정도로 뛰어났다.

"수뇌회의를 소집토록 하게. 사패의 움직임에 대해 알리고 함께 논의를 해봐야겠네."

"바로 말입니까?"

"그게 좋지 않겠나? 그래야 이곳에 남아 있는 각 문파의 수장들에게도 이 사실을 알릴 수 있을 테니까."

"산외산의 존재도 드러낼 생각입니까?"

진유검이 물었다.

"글쎄, 아직은 그럴 필요가 없다고 보네만. 아, 사공세가 천외천이라는 것이 드러날까 저어해서 그런 것은 아니네. 자부컨대 본가는 하늘을 우러러 한 점 부끄러움이 없네. 하니 공개가 되도 전혀 문제될 것이 없어. 다만 아직 확실하지도 않은 상황에서 미지의 존재로 인해 괜한 두려움만 심어줄 필요가 있기에 유보하는 것일세. 만약 사패일통에 산외산이 연관되어 있다는 것이 확실하다면 당연히 알리고 대책을 강구할 것이네. 아, 그러고 보니 한 가지를 간과하고 있었군. 군사."

"예, 성주님."

"산외산이 본격적인 활동을 시작했다면 루외루 또한 이미 움직이고 있을지 모르네. 힘들겠지만 무림에 우리가 미처 인식하지 못하고 있던 암류가 흐르고 있는 것은 아닌지 파악을 해 보게."

"알겠습니다."

결코 쉽지 않은 일이기에 대답을 하면서도 제갈명의 안색은 몹시 어두웠다.

무황이 진유검을 돌아보았다.

"자네에게도 부탁을 좀 하지."

"말씀하십시오."

"일전에 논의한 대로 이화검문 쪽엔 이미 언질을 해두었네. 확답을 들은 것은 아니지만 조만간 무슨 행동이든 취하게 되겠지. 가급적이면 전향적으로 생각해 주었으면 하네. 상황도 상황이니만큼."

진유검은 아무런 대답도 하지 않고 무황을 빤히 바라보았다.

"왜 그러나?"

"참 대단하십니다."

"무슨 소린가?"

"놈들에 대한 분노가 참아지십니까?"

무황의 얼굴이 굳었다.

"그 많은 핏줄을 잃었음에도 지금 제게 그 원수들을 용서하라는 말씀을 하고 계시는 겁니다."

무황이 굳은 표정으로 고개를 흔들었다.

"용서는 아닐세. 상황이 여의치 않으니 잠시 덮어두자는 것일 뿐."

"세월이 흐르면 저들의 만행을 입증할 증거도, 응징할 명분도 희미해집니다. 저들이 세외사패와의 싸움에서 공을 세운다면 더욱 그러하겠지요. 아시지 않습니까?"

"……"

한참 생각에 잠겼던 무황이 입술을 꽉 깨물고 말했다.

"그건 감내해야겠지. 무림의 평화를 위해서라면. 그 또한 본가가 저지른 원죄에 대한 속죄라 수 있으니."

"원… 죄라니요?"

진유검이 고개를 갸웃거리며 물었다.

"그런 게 있네."

무황이 씁쓸한 얼굴로 입을 다물었지만 진유검은 원죄라는 말의 의미를 짐작할 수 있었다.

'무명초자의 책자를 훔쳐 나온 것을 말함인가?'

무황과 진유검이 약속이라도 한듯 침묵을 하자 제갈명이 조심스레 입을 열었다.

"후계자 문제는 어찌 되는 겁니까?"

"수뇌 회의에서 일단 양해를 구할 생각이네. 세외사패가 언제 무림을 침공할지 모르는 상황에서 후계자 문제로 우리끼리 다투고 있을 수는 없으니까. 최대한 빨리 의견을 모아 차기 후계자를 결정하거나 아니면 아예 뒤로 미루는 것을 생각하고 있네."

"미루는 것은 받아들여지지 않을 것입니다."

"그러면 최대한 빨리 결정하는 쪽으로 의견을 모아야겠지."

"그 또한 쉽지는 않을 것입니다. 워낙 많은 세력에서 무황의 자리를 노리는 상황이니까요."

제갈명이 부정적인 얼굴로 고개를 저었다.

"꼭 그렇지는 않을 겁니다."

무황과 제갈명의 시선이 동시에 진유검에게 향했다.

"적당히 가지를 쳐내면 생각보다 빨리 후계자를 정할 수 있을 것입니다."

"가지를 쳐낸다?"

제갈명은 진유검의 말에서 섬뜩한 느낌을 받았다.

"이화검문을 본보기로 하겠습니다."

진유검이 벌떡 일어났다.

"자, 자네……."

무황이 당황하여 진유검을 말렸지만 진유검은 차가운 얼굴로 고개를 흔들었다.

"무황께선 참으실 수 있을지 몰라도 전 아닙니다. 그리고 이화검문을 확실히 응징해야 다른 곳에서 함부로 설치지 못합니다. 최소한 본가의 문제에 개입한 자들은 감히 후계 문제에 끼어들지 못하게 만들 것입니다. 이화검문은 그들에게 보내는 저의 경고입니다."

진유검의 단호한 음성에 무황은 뭐라 대답을 하지 못했다.

부친의, 형의, 조카의 복수를 하겠다는데 무슨 말을 하겠는가!

진유검의 시선이 제갈명에게 향했다.

"일전에 제가 부탁한 것은 어찌 되었습니까?"

"부탁이라니?"

"음부곡의 위치를 파악해 달라고 말씀드렸습니다만."

"아, 음부곡. 유감이네만 그들의 위치를 정확히 파악한다는 것은 우리로서도 불가능한 일이었네. 예전부터 추격을 해왔고 자네의 부탁으로 다시 확인을 해보았지만 마찬가지

였어. 다만 막연히 어디쯤에 있을 것이란 추측만 하고 있을 뿐이지."

"그곳이 어디입니까?"

"대파산(大巴山)."

진유검의 얼굴이 절로 찌푸려졌다.

"너무 넓군요."

"그렇긴 하지. 아, 하지만 놈들에게 청부를 할 수 있는 방법은 알고 있네."

"무엇입니까?"

"그건 말이지……."

제갈명의 설명이 이어지는 동안 진유검은 혹여 한 부분이라도 놓칠까 집중해서 귀를 기울였다.

"정말 가시려는 겁니까?"

유상이 걱정 가득한 얼굴로 물었다.

진유검은 대답 대신 가볍게 미소를 짓고는 검을 잡았다.

"도움이 못 되서 죄송해요, 령주."

문 앞에 서 있던 여우희가 진심으로 미안해했다.

"죄송할 거 없습니다. 이건 어디까지나 개인적인 문제니까요. 이화검문과 의협진가의."

"저는 갑니다."

전풍이 얼른 앞섶을 단단히 여미며 따라나섰다.

"마음대로 해. 하지만 굳이 나설 생각은 하지 마라. 가급적이면 조용히 처리할 생각이니까. 밑에 사람들의 잘못도 아니고."

"흐흐흐! 그건 걱정하지 마십시오."

전풍의 웃음소리를 들으며 자신의 생각대로 될 것 같지 않다는 생각에 한숨을 내쉰 진유검이 천천히 몸을 돌리자 전풍이 얼른 뒤를 따랐다.

여우희와 곽종, 유상도 서로의 눈치를 보다가 방문을 나섰다.

"돕지도 않을 거면서 뭐하러 오는 거요?"

전풍이 고개를 홱 돌리며 물었다.

"불구경하고 싸움 구경만큼 재밌는 것도 없다잖아. 더구나 다른 사람도 아니고 령주님의 싸움이고 상대는 이화검문이야. 이걸 놓칠 수는 없지."

곽종이 천연덕스럽게 코를 후비며 대꾸했다.

어깨를 나란히 하고 있는 여우희와 유상도 씨익 웃음을 지었다.

"흐흐흐! 솔직히 그건 그렇소. 나라도 그런 구경을 놓치고 싶지는……."

괴소를 흘리던 전풍의 입이 갑자기 닫혔다.

무엇을 본 것인지 마주하고 있던 세 사람의 표정이 딱딱하게 굳었기 때문이었다.

전풍의 고개가 그들의 시선을 따라 움직였다.

천천히 걸음을 옮기는 진유검의 등이 보였다. 그리고 그의 어깨너머로 한 노인의 모습이 들어왔다.

전풍이 고개를 갸웃거렸다.

어디서 본 것 같기는 한데 기억이 잘 나지 않았다.

"천무진천. 그가 어째서……."

유상의 입에서 잔뜩 긴장된 음성이 흘러나왔다.

"설마 여기서 승부를 하려는 것인가?"

곽종은 천무진천의 전신에서 뿜어져 나오는 기세를 느끼며 마른침을 꿀꺽 삼켰다.

진유검은 서서히 거리를 좁혀오는 천무진천을 보며 검을 잡았다.

어차피 서로에 대해 잘 알고 있으니 통성명 따위는 필요 없었다.

검을 뽑아야 하는 이유 또한 명백한 상대였다.

진유검의 입가에 차가운 미소가 지어질 즈음 천무진천이 단숨에 거리를 좁혀왔다.

천무진천의 검이 진유검을 향해 다가왔다.

빠르지도, 화려하지도 않았고 오히려 느림의 미학을 보

여주듯 천천히, 부드럽게 움직이고 있었지만 뒤에서 천무진천의 움직임을 보고 있던 여우희 등은 천무진천의 검에서 전해지는 미증유의 힘에 아찔함마저 느껴야 했다.

천무진천이 평생을 바쳐 익히고 발전시켜 온 창궁부운검(蒼穹浮雲劍)은 사공세가의 무상심의검(無想心意劍)을 바탕으로 했으되 지금에 와서는 전혀 다르다고 해도 과언이 아닐 정도로 변모한 상태였다. 위력 또한 우열을 가리기 힘들 정도로 대단했다.

천무진천의 공세를 가만히 지켜보던 진유검의 눈빛이 반짝였다고 느껴지던 순간 검이 움직였다.

번쩍!

날카로운 섬광과 함께 한줄기 빛이 천무진천을 향해 작렬했다.

화우검 여회, 오련신검은 물론이고 심지어 문일청마저 단 일검에 쓰러뜨렸던 단섬이었다.

그런데 지금껏 실패를 몰랐던 단섬이 처음으로 막혔다.

진유검을 향했던 공세가 순식간에 사라졌기에 완벽한 실패라고는 할 수 없었으나 천무진천이 별다른 타격을 입지 않은 이상 실패라 해도 과언은 아니었다.

천무진천의 얼굴에 만족감이 깃들었다.

자신감을 얻은 천무진천은 공격에 머뭇거림이 없었다.

전력을 다해 진기를 끌어올리자 웅장한 검명과 함께 검 끝에서 눈부신 광채가 흘러나왔다.

"검강이군."

유상의 입에서 탄성이 터져 나왔다.

일반적으로 화경의 고수라면 검강을 발현할 수 있었고 유상 역시 검강을 시전할 수 있었다.

그러나 같은 검강이라도 수준 차이가 있는 것은 당연한 사실.

그는 천무진천의 검강이 자신과는 비교할 수도 없을 정도로 뛰어나다는 것을 확인했다.

"하지만 이화검문의 문주는 검강 이상의 것을 보여줬잖아. 그럼에도 패했고. 뭔가 이상해. 천무진천이 그자의 아래는 아닐 텐데."

심각한 표정으로 싸움을 지켜보던 곽종의 의문을 가졌다.

대답은 엉뚱하게도 뒤쪽에서 흘러나왔다.

"이화검문 문주의 검강은 진짜 검강이 아니었으니까."

갑자기 들려온 음성에 깜짝 놀란 네 사람이 번개같이 몸을 돌렸다.

어느새 나타났는지 그들의 바로 뒤에 무황이 서 있었다.

단지 무황뿐만이 아니었다.

그들이 의식하지 못하는 사이 이미 상당한 이들이 주변에서 모습을 보이고 있었다.

"진짜 검강이 아니라니 무슨 말씀이십니까?"

유상이 공손히 물었다.

"검강은 단순한 내력을 뽑아 만드는 것이 아닌 깨달음의 정화(精華). 물론 막대한 내력이 소모가 되기는 하지만 깨달음이 없는 검강은 단순히 검기가 응축된 형태라고 보면 된다네. 당시 이화검문주의 수준은 이제 막 깨달음을 얻고 새로운 세계에 발을 내딛는 수준이었지만 천무진천은 다르지. 이미 이화검문주가 도달한 세계에서도 완숙한 경지에 이르렀다고나 할까."

이해가 가면서도 이해하기 힘든 설명에 다들 심각한 표정으로 생각에 잠겼다.

"허허허! 너무 애쓰지는 말게나. 단순한 헛소리일 수도 있는 것이니."

껄껄 웃은 무황이 다시금 두 사람의 대결로 고개를 돌릴 때였다.

"이상하네. 주군이 한 말과는 좀 다른데."

전풍이 커다란 눈을 꿈뻑이며 말했다.

"다르다니 뭐가?"

곽종이 얼른 물었다.

"몇년 전에 주군이 검강을 써서 바위섬 하나를 날려 버리는 걸 보고 기겁을 한 적이 있소. 흐흐흐! 내가 생각해도 호들갑을 많이 떨었지. 천하제일검 운운하며 소리쳤으니까. 그때 주군이 말하더이다. 검강 따위를 보고 천하제일을 운운하냐고. 어차피 검강의 운용도 정형화된 초식을 벗어나지 못하면 아무런 의미도 없는 것이며 진정한 깨달음을 얻고 싶으면 초식에 연연하지 않고 마음이 가는 대로 검을 움직일 수 있어야 한다고요. 지금도 뭔 소린지 잘 모르겠지만 아무튼 그런 소리를 했소."

전풍의 말을 들은 세 사람은 무황이 설명할 때와는 달리 전혀 감을 잡지 못하는 모습이었다.

하지만 무황은 달랐다.

전풍이 장난처럼 던진 말이야말로 무형검(無形劍)의 무리(武理)요, 심검(心劍)의 무리였다.

전풍의 말대로 단순히 초식을 버리고 정형화된 틀을 깬다고 깨달음을 얻는 것이 아니겠으나 진유검이 그런 말을 한다는 것 자체가 이미 그 이상의 수준에 이르렀거나 바라보고 있다는 것과 다름없었다.

"허허허!"

무황의 입에서 허탈한 웃음이 흘러나왔다.

현경의 경지를 넘기 위해 무려 이십여 년 가까운 세월을 허비하고 비로소 깨달음의 단초를 잡았건만 진유검은 이미 몇년 전에 그 수준을 뛰어넘은 것 같았다.

그의 나이 이제 겨우 이십 초반임을 감안하면 도저히 믿기지 않는 일이었다.

"아!"

여우희의 입에서 탄성이 터져 나왔다.

자신이 진유검과 천무진천의 대결을 잊고 있었다는 것을 깨달은 무황이 황급히 몸을 돌렸다.

무황의 눈에 허공으로 도약한 천무진천의 모습과 그의 검에서 뿜어져 나온 수십, 수백 가닥의 강기가 진유검의 머리 위로 내리꽂히는 광경이 들어왔다.

무황이 입술을 꽉 깨물었다.

세인들이 천무진천의 무공이 자신과 고하를 논하기 힘들 정도로 막강하다 수군거리는 것을 알면서도 내심 여유가 있었던 것은 그 누구도 자신의 무공을 제대로 알지 못하기 때문이었다.

무황이 되기 전부터 이미 삼 푼의 실력을 감춰왔던 바, 천무진천의 무공이 아무리 강하다 한들 한 수 아래라 여겨왔다.

한데 진유검을 상대로 보여주는 천무진천의 무위는 결코 자신의 아래가 아니었다.

'그 역시 삼 푼을 감춰왔던 것인가!'

상대의 역량도 제대로 파악하지 못하고 자만심을 가지고 있던 자신의 모습이 한심해 미칠 지경이었다.

한데 정작 무황을 감탄시킨 천무진천의 상황은 그다지 좋지 않았다.

천무진천은 진유검에게 뿌린, 그의 머리를 향해 내리꽂히던 강기들이 힘없이 튕겨져 나가고 있음을 확인했다.

튕겨져 나간 강기가 주변을 초토화시켰지만 정작 목표물이 된 진유검은 멀쩡했다.

천무진천의 공격을 천망(天網)으로 간단히 무력화시킨 진유검이 천무진천을 향해 검을 살짝 움직였고, 움직였다고 느끼는 찰나 짧은 신음과 함께 천무진천의 몸이 뒤로 쭈욱 밀려났다.

검을 가슴어귀로 끌어당겨 진유검의 단섬을 가까스로 막아내긴 했어도 조금 전보다 한층 더 빨라지고 위력이 실린 단섬에 검을 쥐고 있던 천무진천의 손아귀가 찢겨져 나가고 어깨는 탈골이 되었다.

그나마 현경의 경지에 이르면서 의식하지 않아도 외부의 위협을 받으면 자연스레 흘러나오는 호신강기가 전신을 보호했기 때문인지 만약 그렇지 않았다면 단순한 탈구 정도로 끝났지 않고 뼈마디가 부러져 나갔을 정도로 충격이 컸다.

천무진천이 연이어 두 번이나 단섬을 막아내자 진유검의 입가에 걸린 미소가 더욱 짙어졌다.

본능적으로 위험을 느낀 천무진천이 튕기듯 뒤로 물러났지만 진유검의 움직임은 그보다 더 빨랐다.

천무진천을 향해 사선으로 그어진 검이 한줄기 빛을 토해냈다.

천무진천이 반사적으로 검을 움직였다.

단섬만큼 빠르진 않았기에 충분히 막을 수 있으리라 여겼다.

그의 뇌리에 진유검의 공격을 막고 역공을 펼치는 그림이 그려졌다.

하지만 그 빛이 검에 작렬했을 때, 손에 든 검이 힘없이 부러지고 검을 잡은 손끝에서 시작된 엄청난 고통이 머리에서 발끝까지 관통하는 것을 느끼며 천무진천은 뭔가가 잘못되어도 한참을 잘못되었다는 것을 깨달을 수 있었다.

속도를 버리는 대신 검에 실린 위력을 키운 것.

만년한철을 재료로 수년 동안 담금질한 검이 너무도 쉽게 부러져 나가고 어지간한 공격엔 생채기도 남기지 않는 호신강기가 흩어지며 천무진천은 그대로 정신을 잃고 말았다.

신도세가 역사상 최고의 고수라는 천무진천까지 힘없이

무너지고 말자 두 사람의 대결을 지켜보단 모든 이들이 그대로 얼음이 되어버렸다.

이화검문의 문주처럼 단 일검에 끝장난 것은 아니었고 뭇 고수들을 무력화시켰던 단섬을 두 번이나 막아내며 선전을 펼치는 것 같았으나 그 또한 착각에 불과했다.

정신을 잃고 고꾸라진 천무진천과는 달리 진유검은 땀방울 하나 흘리지 않았다는 것이 그것을 증명하고 있었다.

"멈추게."

싸움이 끝났음에도 진유검이 걸음을 옮기자 무황이 황급히 앞을 가로막았다.

잠시 멈칫한 진유검은 무황이 의도를 짐작하곤 미소를 지었다.

"걱정하지 마십시오. 목숨을 거둘 생각은 없습니다. 애당초 그랬다면 손속에 인정을 두지도 않았을 겁니다."

순간, 무황은 멍해질 수밖에 없었다.

그토록 압도적인 위력을 뿜낸 공격마저 전력을 다한 것이 아니라 손속에 인정을 둔 것이라는 진유검의 말에 할 말을 잃고 말았다.

그건 비단 무황만이 아니었다.

어느새 주변을 빼곡히 둘러싸고 있는 모든 이가 경악스런 눈길로 진유검을 응시하고 있었다.

그들의 시선이 부담스러울 만도 했지만 진유검은 전혀 개의치 않고 걸음을 옮겼다.

진유검의 움직이는 방향이 예사롭지 않음을 느낀 것인지 주변이 갑자기 술렁이기 시작했다.

"요, 용우각으로 가는 것 같지 않아?"

누군가가 참지 못하고 물었다.

"마, 맞아. 이쪽 방향이라면 용우각이야. 이화검문이 머물고 있는 용우각이 틀림없어."

최근들어 원수지간이나 다름없고 이미 영웅지보에서 진유검과 이화검문이 제대로 충돌을 했다는 것을 상기한 이들이 또다시 흥분하기 시작했다.

그들의 응원(?)을 받으며 담담하게 걸음을 옮긴 진유검이 용우각에 도착을 했다.

이화검문의 제자들은 예고도 없이 용우각을 찾은 진유검을 잔뜩 긴장된 얼굴로 맞이했다.

태연스런 얼굴로 접근하는 진유검의 존재는 공포 그 자체였다.

"막을 생각인가?"

진유검이 동료들을 이끌고 나타난 문요에게 물었다.

진유검과 정면으로 마주한 순간 마치 거대한 산을 보는 듯한 착각에 빠진 문요는 아무런 말도 할 수가 없었다.

"놀아줄 상대가 필요하다면 내가 놀아주지."

문요와 잔뜩 긴장된 얼굴로 검을 들고 있는 이화검문의 제자들이 영웅지보에서 자신과 엮였던 사람들이라는 것을 알아본 전풍이 얼른 나섰다.

진유검에서 전풍에게 살짝 방향을 튼 문요의 눈동자가 마구 흔들렸다.

오로지 경공 하나만으로 수많은 군웅 앞에서 자신과 동료들을 농락했고 마지막엔 더없는 수치까지 안겨 준 파렴치한이었다.

문요의 눈빛에 살기가 감도는 것을 확인한 진유검이 전풍을 돌아보며 말했다.

"인연이 있는가 보군."

"뭐, 인연이라면 인연이지요. 흐흐흐!"

전풍이 문요를 힐끗거리며 괴소를 터뜨렸다.

위 아래로 꿈틀대는 지렁이 같은 입술이 자신의 뺨을 스치고 지나갔던 끔찍한 기억을 떠올린 문요가 온몸을 부르르 떨며 검을 빼들었다.

갑작스런 문요의 행동에 놀란 이들이 안타까운 탄식을 내뱉었으나 정작 진유검은 대수롭지 않게 여겼다.

그녀의 검이 자신이 아니라 전풍을 향하고 있음을 눈치 챈 것이다.

"악연인가 보군."

전풍의 어깨를 툭툭 두드린 진유검이 문요를 스치듯 지나갔다.

어떤 언질을 받은 것인지 문요는 물론이고 그녀의 동료들 누구도 진유검을 막아서지 않았다.

하지만 진유검은 스스로 걸음을 멈췄다.

활짝 열린 용운각의 문을 통해 문일청을 비롯한 이화검문의 원로와 장로들이 우루루 걸어 나왔기 때문이었다.

가장 후미에서 모습을 드러낸 사람은 진유검에게 팔을 잘린 문진이었는데 팔을 잃은 고통보다는 다시는 검을 잡을 없다는 사실에 마음고생이 심했는지 단 며칠 만에 같은 사람이라곤 여길 수 없을 정도로 초췌한 얼굴이었다.

"이 무슨 소란이냐?"

전풍을 향해 검을 치켜세우고 있는 문요의 모습에 문일청의 미간이 찌푸려졌다.

"죄송해요. 하지만 저자는……."

"어서 검을 거두거라."

나직한 문일청의 음성에 독이 오를 대로 오른 모습으로 전풍을 노려보던 문요가 입술을 꼬옥 깨물며 검을 거두었다.

검을 거둔 문요가 뒤로 물러나는 것을 지켜보던 문일청

이 진유검에게 말했다.

"기다리고 있었네."

나름 예의를 차린 말투와 음성이다.

풍전등화에 처한 이화검문의 상황 때문인지 진유검을 대하는 태도가 예전과는 많이 달라져 있었다.

"하면 제가 무슨 이유로 찾아왔는지 아시겠군요."

진유검이 비릿한 조소를 흘리며 말했다.

"끝을 보려는 것이겠지."

"아시는군요."

진유검의 양쪽 입꼬리가 슬며시 치켜 올라갔다.

문일청이 갈등에 찬 눈빛으로 진유검을 응시했다.

문일청을 보호하듯 서 있는 원로, 장로들도 잔뜩 긴장한 모습으로 문일청과 진유검을 번갈아 바라보았다.

한줄기 전음이 문일청의 귓가로 날아들었다.

[아직도 결정을 내리지 못한 것이오? 진실한 사죄만이 그의 검을 멈출 수 있다고 말했건만.]

금방이라도 공격을 시작할 것 같은 진유검의 모습에서 멀리서 상황을 지켜보던 무황이 답답함을 참지 못하고 전음을 보낸 것이다.

[방금 전, 천무진천이 그 친구에게 당했소.]

무황의 전음에 문일청의 눈동자가 크게 흔들렸다.

천무진천이 무황과 더불어 자타가 공인하는 무림 최고 고수라지만 이미 진유검의 무공이 어떠하다는 것은 몸으로 겪어본 문일청은 당연한 결과라 여기는 것과 동시에 천무 진천 정도의 고수를 상대했음에도 진유검의 이마에 땀은커녕 옷에 먼지 하나 묻어 있지 않다는 것에 다시금 절망했다.

이는 두 사람의 싸움이 어떤 양상으로 흘러간 것인지 확실히 보여주는 것이었다.

바로 그가 그렇게 당했으니까.

주변에 몰려든 군웅들 때문에 잠시 망설이던 마음이 깨끗하게 사라졌다.

눈앞의 인물은 절대로 정면으로 맞서는 안 되는 진정한 괴물이었다.

털썩.

문일청의 무릎이 힘없이 꺾였다.

정적이 용우각 전체를 휘감았다.

문일청이, 뛰어난 무공만큼이나 자존심이 강한 인물이었고 부러지면 부러졌지 결코 휘어질 사람은 아니라는 평가를 받는 이화검문의 문주가 이제 갓 이십대 초반의 청년에게 무릎을 꿇은 것이다.

그가 비록 의협진가의 적자이고 수호령주라는 지위를 가

지고 있다고는 하더라도 무황성의 사대기둥 중 하나이며 무림에 막강한 영향력을 미치고 있는 이화검문의 문주가 무릎을 꿇는다는 것은 그 누구도 예상치 못한 일이었다.

의협진가와 이화검문이 어떻게 엮여 있는지 아는 사람은 다 알고 있다.

의협진가에 명분이 있다는 것 또한 익히 아는 사실이다.

그러나 그 어떤 명분이나 정의도 힘이 없다면 그저 공허한 외침에 불과할 뿐이라는 것은 이미 오랜 역사가 증명하는 것.

이화검문은 그런 힘을 지닌 곳이었다.

비록 진유검이 영웅지보에서 보여준 엄청난 무위는 사람들에게 큰 충격을 준 것도 사실이지만 개인이 강한 것과 단체가 강한 것은 분명 큰 차이가 있었다.

진유검이 강한 것을 부정할 사람은 없겠지만 이화검문과 의협진가를 놓고 보았을 때 이미 막대한 피해를 당한 의협진가는 이화검문의 상대가 될 수가 없었다.

설사 피해를 전혀 보지 않고 건재한 상태라도 결과는 마찬가지일 터.

진유검이 제아무리 강해도 다수의 힘을 감당할 수는 없는 것이다.

진유검의 무위를 감안했을 때 이화검문 또한 엄청난 피

해를 입어야 하겠지만.

그래서 많은 이가 무황의 역할을 주목했다.

현재까진 의협진가의 후계자 싸움으로 한정되어 있다고
는 해도 그 후계자 싸움에 이화검문만이 개입된 것은 아니
라는 것은 기정사실이었고 어떤 세력, 문파가 싸움에 휘말
릴 수는 알 수 없는 상황에서 자칫하면 무림에 큰 혼란이
올 수 있었다.

문제는 십수년 전 내분에 휩싸이는 바람에 지금껏 침묵
을 지키고 있던 천마신교가 근래 들어 그 세력을 크게 확장
시키고 있다는 것.

무황성에 비할 바는 아니나 천마신교의 힘 또한 결코 만
만한 것이 아니었다.

게다가 무황성과 천마신교가 곧 충돌하리란 소문이 돌면
서 천마신교의 세력권에 근접해 있는 문파들의 불안감이
점점 커지고 있는 상황이었다.

그랬기에 무황이 중재를 할 것이란 예상이 많았다.

이화검문이 군사 제갈명과 비공식적으로 만남을 가졌음
이 공공연한 사실로 알려지면서 이화검문이 의협진가에 공
식적으로 사과를 하고 피해 보상을 하는 차원에서 양측의
대립이 해결될 것이라는 예측이 나오기 시작했다.

신도세가처럼 진유검의 성격상 받아들이지 않을 가능성

이 높다고 여기는 이들도 있었지만 무황의 체면과 의협진가의 존망도 걸린 문제였기에 진유검이 적당한 선에서 사과를 받고 물러서리라는 예상이 다수였다.

그렇다고 해도 문일청이 이렇게 무릎까지 꿇으며 사과를 할 줄은 그 누구도 상상하지 못했다.

사람들의 시선이 진유검에게 향했다.

무릎을 꿇은 문일청의 행동은 단순한 사과를 넘어 항복을 한 것이나 마찬가지였다.

항복을 받아들이느냐 그렇지 않느냐는 이제 진유검의 결정에 달려 있었다.

항복을 받아들이면 이화검문의 명예가 땅에 떨어지는 정도로 이번 분란이 마무리되겠으나 진유검이 항복을 받아들이지 않거나 항복을 받아들인다고 해도 무리한 조건을 내걸면 또 다른 문제가 발생할 수 있기 때문이었다.

"무슨 뜻입니까?"

세인들의 관심이 집중되었거나 말았거나 조용히 묻는 진유검의 음성에선 전혀 동요가 느껴지지 않았다.

"본가와 의협진가 사이에서 벌어진 불미스러운 일에 대해 사과하는 것일세."

"제 형님과 조카가 죽었습니다. 아직 밝혀내진 못했지만 제 아버님의 죽음에도 이화검문이 관련되어 있을지 모른다는 의심을 하고 있습니다. 단순히 사과로 끝날 일은 아닌 것 같습니다만."

무덤덤한 표정과는 달리 착 가라앉은 음성엔 은은한 분노가 깔려 있었다.

"입이 열 개라도 할 말이 없군. 분명 우리가 과욕을 부린 것이네. 어찌하면 본가의 사과를 받아줄 수 있는가?"

이쯤 되면 조건이고 뭐고를 떠나 완벽한 백기투항이었다.

사람들은 진유검이 과연 어떤 조건을 내걸지 궁금해 미칠 듯한 표정들이었다.

그런데 진유검은 쉽게 사과를 받아주려는 자세가 아니었다.

조금 떨어진 곳에서 이를 지켜보던 무황의 얼굴에 온갖 감정이 뒤섞여 생겨났다.

확실한 증거가 확보되지 않았지만 이화검문은 무황성의 후계자 싸움에 직접적으로 연관이 있는 가문 중 하나였고 분명 무황 직계의 암살 사건의 배후에도 큰 관련이 있을 터.

결코 용서하고 싶은 마음이 없는 가문이었다.

마음 한구석에선 진유검이 문일청의 사과를 단박에 거절하고 문일청은 물론이고 이화검문을 모조리 절단 내줬으면

하는 마음이 들끓었다.

그런 복수심에 불타는 감정과는 달리 일통된 세외사패와 나아가 산외산이라는 미지의 세력과 맞닥뜨리게 된 지금 차갑게 식은 이성은 진유검이 이화검문의 사과를 받아주고 깨끗하게 사건이 마무리되었으면 하는 생각이 강했다. 해서 어쩔 수 없이 전음을 보냈다.

[이쯤 하였으면 되지 않았나? 문 문주가 이 많은 사람 앞에서 무릎까지 꿇었다는 것은 죽음 이상으로 큰 것을 내놓은 것이네. 이화검문의 사과를 받아주게나.]

진유검은 무황의 전음에 전혀 반응하지 않았다. 고개조차 돌리지 않았다.

무황의 뇌리에 이화검문을 확실히 응징할 것이라는 진유검의 말이 떠올랐다.

무황만큼 당황한 이들은 갑작스레 벌어진 상황에 어쩔 줄을 몰라 하고 있는 이화검문의 사람들이었다.

용우각을 나설 때부터 문일청으로부터 어떠한 경우에도 나서지 말라는 엄명을 받기는 했어도 문주가 새파란 애송이게 무릎을 꿇으며 사과를 하는 초유의 상황에 그들의 마음은 시꺼멓게 타들어가는 중이었다.

당연히 사과를 받아들일 줄 알았던 진유검이 침묵을 지키고 문일청이 수많은 이 앞에서 무릎을 꿇고 있는 시간이

길어지자 인내심을 서서히 바닥을 드러내고 있었다.

주변에 모인 군웅마저 조마조마한 심정으로 진유검과 문일청을 지켜보았다.

그럼에도 진유검은 미동조차 하지 않았다. 그저 무심한 얼굴로 문일청을 응시할 뿐이다.

문일청의 입에서 한숨이 흘러나왔다.

어느 정도는 예상했다는 듯 당황하거나 화를 내는 얼굴은 아니었다.

"역시 이 정도로는 안 되는 것이군. 하긴, 노부라도 받아들이지 않았겠지만."

처연하게 웃은 문일청이 금방이라도 폭발할 듯한 표정을 짓고 있는 세가의 원로, 장로와 문진을 바라보며 말했다.

"다시 한 번 말하지만 어떠한 경우에도 움직이지 마라. 그리고 그가 원하는 모든 조건을 받아들여라. 이화검문의 문주로서 내리는 마지막 명이다."

"문주님!"

"그래도 그건……."

그들이 마지막이라는 단어에 예민하게 반응할 때 문일청의 입에선 이미 핏줄기가 뿜어져 나오고 있었다.

"아버님!"

대경실색하며 뛰쳐나온 문진이 한쪽 팔로 서서히 기울어

지는 문일청의 몸을 안아 들었다.

"주, 죽음으로써 책임을 지겠네. 부, 부디 본가를 용서해 주게."

스스로 온몸의 혈맥을 터뜨린 문일청이 떨리는 음성으로 부탁했다.

여전히 무심한 얼굴로 문일청을 바라보던 진유검은 그의 숨이 끊어지기 일보직전 미미하게 고개를 끄덕였다.

다른 사람은 알아볼 수 없는지 몰라도 오직 한 가지 바람만으로 진유검을 바라보던 문일청은 그것을 정확하게 확인했다.

"고, 고맙⋯⋯."

마지막 말을 끝맺지는 못했지만 원했던 답을 얻어낸 문일청은 그래도 편안히 눈을 감았다.

"아버님!"

"문주님!"

문진과 이화검문의 원로와 장로, 제자들은 문일청의 죽음에 망연자실 주저앉으며 미친 듯이 오열했다.

"이노옴!"

의협진가, 아니, 진유검과의 싸움을 누구보다 강력하게 주장했던 주고웅은 문일청의 죽음을 참지 못했고 문일청의 유언도 잊은 채 진유검을 향해 달려들었다.

그나마 가장 냉정히 상황을 파악하고 있던 유산조가 그를 잡으려고 했으나 이미 늦고 말았다.

무황의 만류에도 이화검문을 끝장내 버리겠다는 의지를 굽히지 않다가 문일청이 스스로 목숨을 끊는 것을 보고 마음의 동요를 일으켰던 진유검은 주고웅이 자신을 향해 공격을 하자마자 조금도 머뭇거리지 않았다.

주고웅의 검이 진유검에게 접근하기도 전 섬광이 번뜩였다.

연이어 세 번을 펼친 단섬.

그 간극이 워낙 짧았기에 거의 동시에 세 갈래로 뻗어 나간 빛무리가 주고웅을 덮쳤다.

"커흑!"

외마디 비명과 함께 달려오던 기세를 잃고 비틀거리는 주고웅.

뒷걸음질 치는 그의 상체에서 조금씩 핏물이 번져가기 시작했다.

"주 장로!"

유산조가 주고웅을 부축했다.

주고웅은 반 토막 난 검을 꽉 움켜잡고 진유검을 노려보는 것으로 자신의 의지를 표출했으나 그것이 전부였다.

손에 들렸던 검은 이내 땅에 떨어졌고 분노로 이글거렸

던 눈동자는 순식간에 힘을 잃었으며 몸뚱이 또한 물먹은 옷처럼 축 늘어졌다.

문일청에 이어 주고웅까지 쓰러지자 분위기는 급랭했다.

문일청의 유언은 이미 뇌리에서 사라진 지 오래였다.

문일청과 주고웅의 죽음에 대한 복수심이 이화검문 제자들의 머릿속을 장악했다.

가장 흥분한 사람은 부친의 시신을 안고 있던 문진이었다.

검을 드는 오른팔을 잃었기에 사실상 무인으로서의 생명이 끝난 문진이 왼손으로 검을 들었다. 그리곤 괴성을 내지르며 진유검에게 달려갔다.

너무도 무모한 문진의 돌진에 무황의 입에서 짧은 신음이 흘러나왔다.

문일청에 이어 문진까지 목숨을 잃으면 이화검문과 의협진가는 그야말로 돌이킬 수 없는 강을 건너게 될 터였다.

어느 한쪽이 멸문을 당하기 전까지 싸움은 멈추지 않을 것이고 얼마나 많은 문파가 그 싸움에 휘말리게 될지 가늠조차 되지 않았다.

바로 그때였다.

유산조가 흥분한 문진의 앞을 가로막더니 그대로 뺨을 후려쳤다.

문진의 신형이 꼴사납게 나뒹굴었다.

"이게 대체 무슨 짓이냐!"

유산조가 간신히 몸을 일으키는 문진과 살기를 풀풀 내뿜고 있는 이화검문의 원로와 장로, 제자들에게 소리쳤다.

"문주님의 유언은 안중에도 없단 말이냐?"

"하지만 저놈이……."

한규가 진유검을 보며 뭐라 입을 열려는 찰나 유산조의 호통이 이어졌다.

"닥치게. 명색이 원로라는 자가 어째서 이리 감정에 휘둘리는 것인가. 문주께서 스스로 목숨을 끊으신 이유를 정말 모른단 말인가."

"……."

한규는 굳은 얼굴로 입을 다물었다.

"소문주는 팔을 잃은 고통과 부친을 잃은 충격으로 정상적인 판단을 할 수 없는 지경. 노부가 원로원주의 자격으로 이화검문을 대표하겠네. 이의 있는가?"

유산조가 범창과 한규 등을 둘러보며 물었다.

"동의하겠네."

범창이 고개를 끄덕이자 한규와 종청인도 어쩔 수 없다는 얼굴로 고개를 끄덕였다.

유산조의 시선이 문요에게 향했다.

비록 나이는 어리고 이화검문에서의 지위 또한 그리 내세울 것은 없었지만 그녀는 문일청의 직계였다.

유산조가 비록 원로원주라도 그녀의 의견을 결코 무시할 수 없었다.

"원로원주님의 의견을 따르겠습니다."

유산조는 강인한 눈빛으로 자신을 지지해 준 문요에게 감사의 뜻을 전했다.

들끓는 분위기를 가라앉히고 단숨에 주변을 정리한 유산조가 진유검에게 말했다.

"흥분한 주 장로의 행동은 본가의 뜻이 아님을 밝혀두겠소. 부디 넓은 아량으로 이해를 해 주시오."

저자세로 일관하는 유산조의 모습은 어쩌면 비굴해 보일 수도 있는 것이었지만 문일청이 가문을 위해 스스로 목숨을 끊었고 눈 깜짝할 사이에 주고웅을 베어버린 진유검의 실력을 똑똑히 목도했기에 지켜보는 이들 모두 유산조의 행동을 심정적으로 이해하고 있었다.

"문주님께선 그대의 요구 조건을 모두 수용하라 하셨소. 본가에게 무엇을 원하시오?"

"딱히 원하는 것은 없었습니다. 애당초 사과 따위를 받을 생각은 없었으니까요."

진유검의 말에 유산조의 등에선 식은땀이 흘러내렸다.

사과를 받을 생각이 없었다는 것은 이화검문과 전면전을 벌일 생각이었다는 것이고 그만큼 자신이 있다는 말과 다르지 않았다. 무엇보다 진유검은 분명히 그럴 능력이 있어 보였다.

"하지만 문 문주님께서 이렇게까지 하시니 사과를 받지 않을 수 없군요. 지금 이 순간부터 이화검문과 의협진가 사이에 있었던 모든 일에 대해선 불문으로 붙이기로 하지요."

"그에 대한 조건은……."

"원하는 것은 없다고 말씀드렸습니다. 아, 조건이라기보다는 한 가지 묻고 싶군요."

"무엇이오?"

"이 상황에서도 후계자 싸움에 끼어들 생각입니까?"

진유검의 말에 유산조가 문진을 힐끗 바라보며 고개를 저었다.

"이미 그럴 여지가 사라졌소."

"다행이군요. 큰 싸움을 앞두고 쓸데없는 곳에 심력을 허비하지 않을 수 있어서."

진유검의 말을 듣던 유산조는 문득 의문이 들었다.

"큰 싸움이라니 무슨 말이오?"

대답을 하는 대신 무황과 잠시 시선을 교환한 진유검이 유산조가 아니라 주변에 모인 이들을 향해 말했다.

"제 부친의 죽음엔 이화검문뿐만 아니라 많은 문파가 관여를 했다는 것을 알고 있습니다. 이미 어느 정도 증거도 확보를 했지요. 하지만 무림에 큰 암운이 몰려오는 관계로 일단 덮어두겠습니다. 대신 오늘 이후에도 여전히 후계자 자리에 연연하고 분란을 일으킨다면……."

말끝을 흐린 진유검이 가볍게 검을 움직였다.

그를 중심으로 눈부신 섬광이 일었다고 느끼는 순간, 거대한 진동과 함께 뒤쪽에 있던 용우각이 서서히 무너져 내리기 시작했다.

느닷없이 들려오는 굉음과 폭삭 주저앉는 용우각을 확인한 군웅들의 입이 쩍 벌어졌다.

지붕을 떠받치고 있는 기둥 하나의 크기만 해도 장정 서넛이 손을 잡아야 가늠할 수 있을 정도로 규모가 있던 용우각이 단 일검에 힘없이 무너져 버린 것이다.

"부디 제 경고를 잊지 마셨으면 합니다."

진유검이 용우각으로 향했던 검을 거두며 말했다.

무너진 전각만큼이나 무거워진 마음에 숨소리조차 들려오지 않았다.

다른 이들과는 달리 후계자 싸움에 미련을 버린 유산조는 진유검의 말 속에 담긴 암운이라는 단어에 주목했다.

"한데 큰 싸움은 무엇이고 무림에 밀려오는 암운은 무엇이오?"

　진유검이 유산조와 군웅들을 돌아보며 짧게 말했다.

　"세외사패가 일통되었습니다. 그리고 중원을 향해 칼을
겨눴습니다."

22장

의뢰인(依賴人)

　무황성에 모인 군웅들에게 사패일통과 중원침공이라는 엄청난 폭탄을 던지며 그들을 공황 상태로 만들어버린 진유검은 무황성을 비롯하여 각 문파의 수뇌들이 대책을 마련하느니 뭐니 하며 수선을 떨 때 조용히 무황성을 빠져나왔다.

　그와 함께 길을 나선 사람은 전풍과 여우희, 곽종, 유상뿐이었는데 수호령주를 보필하기 위해 제갈명이 특별히 추천을 했고 진유검이 직접 선별한 수하 열 명은 후계자 문제에 깊숙이 개입한 것으로 추측되는 몇몇 문파를 감시한다는 명목으로 무황성에 남겼다.

말이 좋아 감시지 사실상 귀찮은 혹처럼 여겨 떼어놓은 것이었다.

무황성을 떠나 북상한 진유검과 일행은 음부곡의 위치를 찾을 수 있는 단초가 있다는 악양으로 향했다.

"어휴, 이제 좀 살겠네."

악양의 복잡한 관도를 벗어난 전풍이 웃옷을 풀어헤치며 시원하게 불어오는 바람에 몸을 맡겼다.

"뭔 놈이 인간이 그리 많은지 모르겠다니까."

곽종 역시 연신 부채질을 하며 흐르는 땀을 식혔다.

"교통의 중심인데다가 이래저래 볼거리가 많으니까."

유상의 말에 곽종이 고개를 끄덕였다.

"음, 그렇긴 해. 다른 건 몰라도 악양루는 몇 번을 봐도 그때마다 감탄스럽긴 하지. 안 그러냐?"

곽종이 전풍에게 물었다.

"그다지. 크기는 합니다만 비선루에 비하면 그다지 화려한 것도 없고 즐길거리도 없는 것 같소."

전풍이 심드렁히 대꾸했다.

"비선… 루?"

곽종과 유상이 동시에 고개를 갸웃거리자 앞서 가던 진유검이 한마디를 던졌다.

"항주에 있는 기루다."

"예?"

"이런 미친⋯⋯."

곽종과 유상이 천하제일로 손꼽히는 악양루가 한낱 기루보다 못하다고 지껄여 대는 전풍의 무지함에 치를 떨 때 여우희는 뭐가 그리 즐거운지 교소를 터뜨리며 전풍의 팔짱을 끼었다.

"전 아우의 말이 맞지, 뭐. 즐길거리야 온갖 낙서로 가득 찬 악양루보다 기루가 훨씬 많지 않겠어?"

"누님까지 그럴 거요?"

"낙서라니! 말이 되는 소리를 하쇼."

곽종과 유상이 두 눈에 쌍심지를 켜고 목청을 높이자 그것이 또 재밌는지 여우희가 허리를 비틀며 웃음을 흘렸다.

그렇게 떠들며 투닥거리는 사이 일행은 악양성 동북쪽 외곽에 도착을 했다.

"저곳입니까?"

유상이 허름한 대장간을 가리키며 물었다.

"아마도."

대장간에 시선을 고정한 진유검이 살짝 고개를 끄덕였다.

"겉으로 보기엔 별로 수상한 점을 못 느끼겠습니다."

날카로운 눈빛으로 대장간과 주변을 훑던 곽종의 말에 유상이 한심하단 표정을 지었다.

"음부곡이라면 실력도 그렇고 은밀함에서도 중원에서 첫 손에 꼽히는 살수 단체야. 놈들이 바보도 아니고 수상하게 보이면 그게 더 이상한 것이지. 무황성에서 여기를 찾아냈다는 것만으로도 놀라운 일이라고."

"그, 그런가?"

곽종이 멋쩍은 얼굴로 물러나자 진유검이 고개를 흔들었다.

"꼭 그렇지는 않다. 음부곡의 청부를 받는 곳은 이곳뿐만 아니라 곳곳에 존재해. 무황성뿐만 아니라 여러 문파에서도 그들의 존재를 알고 있고."

"그런데 어째서 음부곡의 정체가 제대로 드러나지 않는 겁니까?"

"완벽한 꼬리 자르기를 하는 것이겠지. 음부곡에서도 말단인지라 애당초 제대로 아는 것도 없을 것이고."

진유검은 의협진가의 일에 음부곡의 살수가 개입했다는 것을 파악한 복천회가 그들을 쫓았지만 결국 실패를 했다는 복천회 무창 지부장의 말을 잠시 떠올렸다.

"하면 이번에도 별거 없을 수 있다는 말이네요."

초를 치는 듯한 전풍의 말에 다들 눈을 부라렸다.

"이번엔 다를 거다. 네가 있으니까."

"예?"

전풍이 영문을 모르겠다는 듯 눈을 동그랗게 뜨며 묻자 씨익 웃은 진유검은 대답 대신 그의 어깨를 살짝 두드리며 대장간으로 향했다.

진유검이 무슨 뜻으로 그런 말을 한 것인지 의아해하던 전풍과 일행이 서둘러 그의 뒤를 쫓았다.

대장간에 들어서기가 무섭게 뜨거운 열기가 확 느껴졌다.

화덕에선 불길이 활활 타올랐고 용광로에서 흘러내린 붉은 쇳물이 거푸집에서 식고 있었다.

이십대 중반의 청년은 연신 풀무질을 하며 불의 온도를 조절하기 위해 애썼고 대장간의 주인으로 보이는 야장(冶匠—대장장이)은 온 힘을 다해 망치질을 하고 있었다.

아직 형체가 제대로 갖춰져 있지 않았지만 두드리는 쇠의 크기를 가늠해 볼 때 병장기가 아니라 조그만 농기구를 만드는 것이 틀림없었다.

"어떻게 오셨습니까?"

늙은 야장이 지금껏 두드리던 쇳덩이를 찬물에 담그며 물었다.

"검을 사러 왔소."

진유검의 말에 풀무질을 하던 청년이 얼른 대답했다.

"우리는 검을 팔지 않습니다. 보시다시피 농기구만 만들고 있습니다."

"이놈아! 헛소리 지껄이지 말고 네 일이나 신경 써. 불길이 약해지지 않느냐?"

버럭 소리를 지른 야장이 차갑게 식은 쇳덩이를 다시금 두들기기 시작하며 말했다.

"저놈 말대로 이곳은 농기구만 파는 곳이지요. 검을 사고 싶으시며 다른 대장간을 찾으셔야 할 겁니다."

귀찮아하는 기색이 역력한 음성.

야장은 자신이 할 말은 다했다는 듯 망치질에 열중하기 시작했다.

진유검과 그 일행이 대장간 이곳저곳을 기웃거림에도 눈동자조차 돌리지 않을 정도로 엄청난 집중력이었다.

"인검(人劍)을 사려고 하오만."

야장의 손길이 그대로 멈췄다.

풀무질을 하던 청년의 움직임 역시 멈췄다.

"지금 뭐라 하셨습니까?"

가만히 망치를 내려놓고 묻는 야장의 음성은 조금 전과는 전혀 달랐다.

게다가 전신에서 저절로 흘러나오는 날카로운 기세는 일

개·야장이 지닐 기운이 아니었다.

"인검이라 했소."

진유검의 대답에 그와 일행을 찬찬히 살피던 야장이 청년을 향해 말했다.

"문을 걸어 잠가라."

"예."

짧게 대답한 청년이 서둘러 대장간의 문을 닫고 빗장을 걸어 잠갔다.

문이 잠긴 것을 확인한 야장이 온갖 농기구가 걸린 벽면 어딘가를 건드리자 그르렁거리는 소리와 함께 벽면이 갈라지며 지하로 향하는 조그만 통로가 모습을 드러냈다.

"따라오십시오."

야장이 앞서 걸으며 말했다.

진유검과 일행이 야장을 따라 지하로 내려가자 갈라진 벽을 원위치로 돌린 청년은 창문 틈으로 대장간 주변에 수상한 낌새가 없는지 살피기 시작했다.

지하 밀실의 규모는 생각보다 컸다. 그리고 쾌적했다.

지하임에도 쾌쾌한 냄새는 물론이고 음습한 습기도 전혀 느껴지지 않았다.

"자, 앉으시지요."

의자를 권하며 차를 준비하는 야장의 모습은 한결 여유

가 있었다.

"한데 어째서 인검을 사려는 것입니까? 보아하니 다들 대단한 실력들을 지닌 것 같은데."

야장이 진유검 일행을 둘러보며 말했다.

전풍을 제외한 나머지 사람들은 자신의 기운을 완전히 갈무리했지만 살수 특유의 본능인지 아니면 오랫동안 사람들을 상대하면서 익힌 눈치인지 모르나 야장은 그들의 실력을 어느 정도 가늠하고 있었다.

물론 그가 추측하는 실력과 진짜 실력은 하늘과 땅 차이만큼이나 컸지만.

"때로는 보이지 않는 손길이 필요한 법이오."

진유검의 대답에 야장이 씨익 웃으며 말했다.

"그것이 우리들의 존재 이유지요. 그래, 어느 정도의 수준을 원하십니까?"

"최고를 원하오."

야장의 얼굴이 살짝 굳었다.

"본 곡의 인검은 비용이 꽤나 비쌉니다만."

"상관없소. 의뢰만 확실히 성공해 준다면 그까짓 비용 따위는 얼마가 들어가도 좋소."

"그런 마음가짐이라면 제대로 찾아오셨습니다. 당금 천하에 우리만큼 일처리가 완벽한 곳은 없으니까요."

약간은 거들먹거리는 자세로 찻물을 들이켠 야장의 얼굴
엔 자부심이 가득했다.

"한데 누구의 목을 원하시는 겁니까?"

"수호령주."

순간, 야장의 얼굴이 딱딱히 굳었다.

"지, 지금 누구라고 했습니까?"

"수호령주라고 했소."

"상당한 거물의 목숨을 원하시는군요."

천천히 찻잔을 내려놓는 야장의 손길이 살짝 떨렸다.

"불가능한 것이오?"

진유검의 입가에 비웃음이 살짝 걸렸다.

"천만에. 본 곡에 불가능한 의뢰는 없습니다. 다만 수호
령주는 본 곡에서도 특급으로 분류되는 인물이라 조금 놀
란 것이지요."

"분류를 한다면 수호령주 말고도 특급으로 취급하는 이
들이 더 있는 모양이오."

"무황성주와 사대가문의 수장, 소림과, 무당의 장문인 등
을 특급으로 취급하고 있습니다."

야장의 대답에 밀실 벽에 몸을 기대고 있던 유상이 깜짝
놀라 되물었다.

"설마 무황성주의 목숨도 취할 수 있다는 말이오?"

"가격만 맞다면야 당연히."

야장의 대답은 단호했다.

그런 야장을 보면서 진유검은 물론이고 일행들까지 음부곡의 힘이 생각보다 더 거대하다는 것을 느낄 수 있었다.

"그래서, 그자들의 목숨을 의뢰하려면 대체 얼마나 필요한 거요?"

사람의 목숨을 가지고 특급 운운하는 것이 같잖았는지 유상의 음성엔 가시가 잔뜩 돋아나 있었다.

"특급으로 분류된 자들의 목숨을 의뢰하기 위해선 최소한 황금 삼천 냥이 필요합니다."

"사, 삼천 냥?"

"미친! 그런 터무니없는 가격이 어딨어!"

곽종과 전풍이 기가 막힌다는 얼굴로 소리를 질렀다.

두 사람의 위협적인 태도에도 불구하고 야장은 태연하기만 했다.

이십여 년이 넘는 세월 동안 대장간을 지키고 온갖 청부를 받아오면서 지금과 같은 반응을 보이는 사람을 너무도 많이 봐왔기 때문이었다.

"생각보다 많이 비싼 가격이오."

진유검의 담담한 음성에 다소 의외라는 눈빛을 빛낸 야장은 수호령주의 목숨을 청부할 만한 세력의 사람이라면

그 정도 배포는 있을 것이라 지레짐작을 하곤 차분히 설명
을 곁들였다.

"특급으로 분류된 자들의 특징은 개인의 실력도 실력이
지만 그들이 속한 세력의 힘이 엄청나다는 특징이 있습니
다. 의뢰가 성공적으로 마무리가 된 후, 그 힘은 고스란히
본 곡으로 향할 것이고 우리 쪽의 피해도 만만치 않게 발생
하게 될 터. 삼천 냥이란 액수는 그 피해에 대한 보상의 의
미도 있는 것이지요."

"홍, 발생하지도 않은 피해를 미리 계산하는 방법도 있었
군. 참 편리한 방식이야."

곽종의 비웃음에 야장이 정색을 하며 말했다.

"특급 아래가 일급인데 그들에 대한 의뢰비는 아무리 비
싸봐야 천 냥이 되지 않습니다. 다시 말하지만 특급으로 분
류했다는 것은 그만큼 우리 쪽도 부담을 가지고 있다는 것
을 알아주셨으면 합니다."

"흠, 지금 당장 그만한 돈은 없는데."

진유검이 곤란하다는 표정을 짓자 야장이 만면에 웃음을
띠며 말했다.

"선수금으로 일 할 정도의 비용만 지불하시고 나머지 비
용은 의뢰가 성공적으로 마무리가 된 이후에 지급해 주시
면 됩니다."

"선수금으로 일 할이라. 나머지 비용을 떼먹을 수도 있을 텐데 대단한 자신감이네."

"절대로 떼이지 않습니다. 돈이 아니면 다른 것으로라도 반드시 받아내지요."

진유검과 일행은 야장이 말하는 다른 것이 목숨이라는 것을 모르지 않았다.

"어쨌거나 일 할이라 해도 황금 삼백 냥이라는 말이군. 실수했어. 이럴 줄 알았으면 내가 아니라 전풍 네놈의 목숨을 의뢰하는 건데 말이야. 그랬으면 대충 선수금 정도는 마련할 수 있었을 텐데 말이다."

진유검의 말에 전풍이 콧방귀를 꼈다.

"못 들었습니까, 주군? 저자 말이 일급이면 천 냥 정도 한다고 했습니다. 제 목숨을 가지고 의뢰를 하려면 최소한 백 냥은 있어야 한다는 말입니다."

"놀고 있네."

"네 녀석이 일급이면 우린 특특급이다."

전풍이 스스로를 일급으로 분류하자 곽종과 유상이 가소롭다는 듯 비웃음을 흘렸다.

갑작스레 돌변한 분위기에 놀랄 만도 하건만 야장의 안색엔 별다른 변화가 없었다.

차가워진 눈빛으로 진유검과 그 일행의 농을 지켜볼 뿐

이었다.

"네놈들은 누구냐?"

야장이 진유검을 향해 물었다.

"눈치가 없군. 방금 전에 말을 한 것 같은데."

잠시 눈동자를 굴리던 야장이 나직이 읊조렸다.

"수호령주로군."

"대단하네. 조금은 당황할 만도 한데 말이야."

생각보다 차분한 야장의 태도에 진유검이 오히려 놀라는
눈치였다.

"이런 일을 하다 보면 별의별 일을 다 겪는 법이지. 그런
데도 지금껏 살아남았다는 것은 그만한 대비도 되어 있다
는 것이다."

야장의 말이 끝나기가 무섭게 그가 앉아 있는 곳의 바닥
이 확 꺼졌다.

하지만 진유검의 움직임이 더 빨랐다.

의자는 지하의 어둠 속으로 사라졌으나 야장은 어느새
진유검의 손에 목줄기가 잡혀 있었다.

"마, 말도 안 돼!"

진유검의 가공할 허공섭물에 당한 야장은 도저히 믿을
수 없다는 듯 두 눈을 부릅떴다.

"말이 안 될 것까지는 없고. 기왕 이렇게 된 거 기운 빼지

말고 쉽게 가자고."

진유검이 충격에서 벗어나지 못하고 있는 야장을 전풍에게 건네줄 때, 진유검이 야장을 낚아채는 것과 동시에 밀실의 문을 부수며 밖으로 뛰쳐나갔던 곽종이 대장간에서 밖을 살피고 있던 청년을 제압하여 끌고 왔다.

"이런 개잡종 같은 놈들! 감히 본 곡을 상대로 이따위 수작을 부리다니. 우리를 적으로 돌리고 무사할 것이란 생각은 아예 하지도 마라. 갈가리 찢겨 죽임을 당할 테니까."

굳게 눈을 감고 있는 야장과는 달리 청년은 붉게 충혈된 눈으로 고래고래 소리를 질러댔다.

"어이, 멍청한 놈."

전풍이 청년에게 다가왔다.

"감히라는 말은 네놈들이 쓸 말이 아니야. 우리가 쓸 말이지."

전풍이 청년의 머리카락을 확 낚아채며 물었다.

"어딨냐, 음부곡?"

청년이 고통스런 표정을 지으며 고개를 흔들었다.

"모, 모른다."

"몰라? 네놈들이 모르면 누가 알아!"

버럭 소리를 지른 전풍이 청년의 얼굴을 후려치려 할 때 여우희가 그의 손을 잡았다.

"아서. 동생은 꼬인 파리 떼나 상대해. 정보를 캐는 건 내가 할 테니까."

생글생글 웃으며 전풍을 말리는 여우희는 평소보다 더욱 생기가 있었다.

곽종과 유상은 이미 밖으로 움직이는 중이었다.

그들에게 재밌는 일을 모조리 빼앗기고 싶은 마음이 없던 전풍이 서둘러 뛰어 나갔다.

전풍이 밀실에서 빠져나오기가 무섭게 대장간의 벽면이 무너져 내리며 열 명 남짓한 사내가 쏟아져 들어왔다.

재밌는 것이 그들의 복장이 하나같이 다르다는 것이다.

"이놈은 돼지고기 썰다 온 것 같고, 한 놈은 생선가게, 저놈은 주방에서 튀어나온 듯싶은데……."

곽종은 사내들의 복장을 보며 저마다의 직업을 유추했다.

적들의 모습을 위아래로 훑어보는 곽종의 얼굴엔 실망의 기색이 역력했다.

"대장간을 보호하기 위한 놈들인 것 같은데 수준이 영 아니다. 명색이 천하제일 살수단체라면서 이건 뭐 애송이 딱지도 제대로 떼지 못한 놈들처럼 보이니. 난 그만둘란다."

곽종은 상대할 가치도 없다는 듯 그대로 몸을 돌려 버렸다.

"어, 그냥 가는 거요?"

전풍이 물었다.

곽종은 대답도 하지 않고 손을 한 번 홱 내저은 뒤 지하 밀실로 들어가 버렸다. 어깨를 으쓱인 유상도 곽종을 따라 움직였다.

"참나. 마음대로들 하쇼. 이놈들이야 내가 정리하면 그만이니까."

짜증을 내고 사라진 곽종과 유상과는 달리 혼자서 마음껏 날뛸 수 있다고 여긴 전풍은 서서히 접근하는 적들을 보며 활짝 웃었다.

"자, 덤벼 보라고."

"으아아악!"

섬뜩한 비명이 지하밀실을 뒤흔들었다.

대장간에서 사용하던 각종 물품을 들고 고문에 열중이던 여우희가 고운 미간을 찌푸렸다.

청년의 입을 틀어막았던 옷 뭉치가 빠져나오며 비명이 흘러나온 것이다.

여우희가 옷 뭉치를 다시 집어 들자 청년이 필사적으로 고개를 저었다.

"사, 살려주십시오."

"……."

여우희는 별말 없이 싱긋 웃으며 옷 뭉치에 묻은 흙을 툭 툭 털어냈다.

그녀의 미소에 청년의 얼굴이 하얗게 질렸다.

먼저 고문을 받았던 야장은 아무런 말도 못하고 숨이 끊어졌다.

야장의 인내력이 대단해서가 아니었다.

사실 그들이 음부곡에 대해 알고 있는 것은 많지 않았다.

상대에게 토설을 한다고 해도 음부곡에 큰 위험은 없을 터.

처음엔 음부곡에 대한 충성심과 자존심을 내세우던 야장도 몇 번이나 토설을 하려고 했다.

그러나 야장은 입에 넣어진 옷 뭉치로 인해 제대로 말을 할 수가 없었고 여우희는 일행의 눈치를 보며 야장의 목숨을 그대로 끊어버린 것이다.

그것을 똑똑히 확인한 청년은 여우희의 고문이 자신에게 향했을 때 죽음을 벗어날 길이 없다는 것을 깨달았다.

그의 눈에 비친 여우희는 정보를 얻기보다는 고문을 즐기는 희대의 변태녀에 불과했다.

그런데 정말 우연찮게도 입안에 채워졌던 옷 뭉치가 밖으로 빠져나왔다.

하늘이 준 기회였다.

"마, 말하겠습니다. 모든 걸 말하겠습니다."

청년은 행여나 옷 뭉치가 다시 입을 틀어막을까 봐 죽을 힘을 다해 소리쳤다.

"잘 생각했다. 목숨은 귀한 거니까."

진유검이 청년의 입을 틀어막으려는 여우희의 팔을 잡으며 말했다.

청년은 뒤로 물러나며 잔뜩 아쉬워하는 여우희의 눈빛에 오금이 저렸다.

그리곤 상대가 원하는 것은 그 무엇이라도, 영혼의 기억을 털어서라도 대답을 해주겠다고 다짐을 했다.

설사 그 이후에 목숨을 잃는다고 하더라도 고문을 당하다 죽는 것보다는 나으리란 생각이었다.

"음부곡의 위치는 어디냐?"

"그, 그건 저희도 모릅니다."

진유검의 눈빛이 차가워지는 것을 느낀 청년이 다급히 입을 열었다.

"그저 대파산 어딘가에 있다는 것만 알고 있습니다."

"실망스런 답변이군. 그건 우리도 알고 있는데."

진유검이 팔짱을 끼며 한 걸음 물러났다.

"아직 얘기를 할 자세가 안 되어 있는 것 같습니다."

곽종이 고개를 흔들었다.

"쯧쯧, 어째 누님의 솜씨가 영 아닌 것 같소."

방금 전, 야장과 청년을 구하기 위해 대장간에 들이친 자들을 마음껏 농락하고 돌아온 전풍이 곽종의 말에 맞장구를 치며 여우희를 비난했다.

"호호호! 아무래도 그런 것 같네."

여우희의 입가에 잔인한 미소가 걸리자 청년은 전풍의 사지를 갈가리 찢어버리고 싶다는 생각을 했다.

"하지만 진짜 모를 수도 있잖아. 단순히 청부만 받는 말단이라면."

유상의 말은 청년에게 한줄기 빛이나 다름없었다.

"마, 맞습니다. 저는 전혀 모릅니다. 저, 저기 누워 있는 야장 어르신도 훈련을 받기는 했지만 총단에는 가본 적은 없다고 하셨습니다. 함께 훈련을 받던 이들 중 극소수만이 차출되어 입곡을 했다고……."

청년이 진유검의 눈치를 살피며 말끝을 흐렸다.

잠깐의 침묵이 청년에겐 백 년, 천 년의 시간처럼 길게만 느껴졌다.

"그런 말단이 특급 의뢰를 결정하는 것도 말이 안 되잖아. 네놈의 주장대로라면 음부곡이 위험에 빠질 수도 있는 일인데 말이야."

곽종이 빈정거리며 말했다.

"모두 그런 권한을 가지고 있는 것은 아닙니다. 보통 일급 정도의 의뢰만 되어도 상부에 보고를 하게 되어 있습니다. 반면에 제가 모시는 야장님처럼 총단에 오랫동안 충성을 바치며 경험을 쌓은 몇 분에 한 해 거의 모든 의뢰를 판단하고 결정할 권한이 있습니다."

"일단 그렇다 치고 그러면 음부곡에는 어떻게 알리는 거지? 따로 이곳을 찾는 사람이 있는 건가?"

유상의 물음에 청년의 안색이 환해졌다. 최소한 자신의 설명이 먹힌다고 여긴 것이다.

"한 달에 한 번씩 총단에서 나온 사자가 다녀갑니다."

"어떤 의뢰가 들어오는지 확인하는 모양이군."

"그것보다는 수금의 목적이 강합니다."

"언제 다녀갔지?"

"사흘 전에 다녀갔습니다."

"정말이냐?"

전풍이 거짓말하지 말라는 듯 눈을 부라리자 청년이 억울하다는 표정으로 읍소를 했다.

"정말입니다. 사흘 전에 다녀갔습니다."

"알았다. 그렇다고 울 것까진 없잖아."

청년의 눈에서 눈물 몇 방울이 흐르자 전풍은 겸연쩍은

얼굴로 고개를 돌렸다.

"사자를 통한 것이 아니라면 의뢰가 들어온 것을 어떻게 알리지? 전서구인가?"

잠시 물러나 있던 진유검이 다시 물었다.

"예, 전서구를 날립니다."

"자세히 말해봐."

"대, 대장간과 총단을 오가는 전서구가 있습니다. 의뢰가 들어오면 의뢰에 대한 자세한 내용을 전서구를 통해 총단에 전달합니다."

"음, 확실하군."

전서구를 이용하여 모든 보고를 한다는 청년의 말에 진유검이 고개를 끄덕였다.

일전에 음부곡을 쫓았던 복천회에서 알려준 정보와 일치했기 때문이었다.

"전서구는 어디에 있지?"

"대장간 밖에 있습니다."

진유검이 눈짓을 하자 대장간 밖으로 나간 전풍이 잠시 후, 대나무를 엮어 만든 큼지막한 새장을 들고 왔다.

새장 안에는 황색 바탕에 검은 빛이 감도는 부리를 지닌 새가 날갯짓을 하고 있었는데 일반적인 전서구보다 다소 작은 크기였다.

"이거 맞냐? 전서구라 하기엔 좀……."

전풍이 미덥지 않은 얼굴로 전서구를 살피며 물었다.

"맞습니다. 몸은 작아도 하룻밤에 능히 천리를 오고 간다고 들었습니다."

"그렇게 빠르면 곤란한데. 괜찮으려나?"

전풍을 힐끗 보며 혼잣말을 중얼거린 진유검이 유상에게 고개를 돌렸다.

"대충 알아낸 것 같으니 적당히 처리해."

"알겠습니다. 음부곡은 관에서도 현상금을 걸었으니 관부에 넘기면 될 것 같습니다."

"편할 대로."

진유검의 허락이 떨어지고 청년의 운명은 관부로 압송되는 것으로 결정이 났다.

더불어 청년의 토설을 유도하기 위해 죽은 것으로 잠시 위장되었던 야장까지도.

"가, 감사합니다. 감사합니다."

청년이 연신 머리를 조아리며 인사를 했다.

관부에 압송을 당하면 어떤 일을 당할지 뻔했지만 일단 지금의 상황을 벗어날 수 있다는 것에 만족하는 듯했다.

원하는 것을 얻은 진유검과 일행이 지하밀실을 빠져나왔다.

야장과 청년의 혈도를 제압하여 밀실에 처박아 놓은 유상이 쏟아지는 햇빛을 가리며 말했다.

"그나저나 무황성에 도움을 청해야 할 것 같습니다."

"무황성?"

곽종이 고개를 돌려 되물었다.

"전서구를 쫓으려면 그 방법뿐인 것 같아서."

"지금 상황이 상황인지라 쉽지는 않을 텐데."

여우희가 사패일통 때문에 난리가 난 무황성을 떠올리며 고개를 저었다.

"골치 아프게 됐네. 전서구 다리를 끈으로 묶고 앞세워 달릴 수도 없는 노릇이고."

엉거주춤 뭔가를 흉내 내는 듯한 태도를 취하며 던지는 곽종의 말에 다들 웃음을 참지 못했다.

"굳이 끈으로 묶을 필요는 없지."

진유검의 시선이 전풍을 향했다.

전풍은 자신도 모르게 침을 꿀꺽 삼켰다. 갑작스레 오한이 들었다.

"왜, 왜 그런 눈으로 봅니까?"

전풍이 떨리는 음성으로 물었다.

"네 능력이 필요할 때가 되었다.

"능력이라면……."

전풍을 제외한 모든 사람의 눈길이 새장 속의 전서구로 향했다.

"나보고 지금 전서구를 쫓으란 말입니까?"

전풍이 어이가 없다는 듯 입을 쩍 벌리며 물었다.

"그래."

"마, 말도 안 됩니다. 인간이 어떻게 새를 쫓아요?"

전풍이 입에 거품을 물며 고개를 저었지만 진유검은 아랑곳하지 않았다.

"넌 할 수 있잖아. 아니, 해야 돼."

태연히 대꾸한 진유검이 전서구를 꺼내 들었다.

"어! 어! 하지 마요. 하지 마!"

전풍이 다급히 외쳤다.

"놓치면 죽어."

말과 함께 전서구를 날려 보내는 진유검.

자유를 얻은 전서구는 힘찬 날갯짓을 하며 하늘로 오르더니 이내 서쪽으로 날아가기 시작했다.

"이런 개… 썅!"

전풍의 입에서 욕설이 터져 나왔다.

설마하니 진유검이 전서구를 그렇게 날려 버릴 줄 전혀 상상하지 못했던 이들은 까마득히 사라지는 전서구를 멍하니 바라보았다.

진유검이 전서구를 꺼낼 때부터 지금의 상황을 예측한 전풍은 이미 전서구를 쫓아 달리고 있었다.

온갖 욕설이 바람을 타고 일행에게 전해질 때 안쓰런 눈길로 전풍의 뒷모습을 바라보던 여우희가 조용히 말했다.

"그런데 령주님. 음부곡이 대파산에 있다면 굳이 이곳에서 날려 보낼 필요는 없었잖아요. 근처까지 이동해서 날려보내면 더 쉽게 찾을 수 있었을 것 같은데요. 무황성에 굳이 도움을 청할 필요도 없었고요."

"아! 생각해 보니 그렇네."

"맞다!"

곽종과 유상이 아차 싶은 얼굴로 탄식을 했다.

"그렇… 군요."

어느새 점으로 변해 사라지는 전풍의 뒷모습을 가만히 바라보던 진유검이 슬며시 고개를 돌렸다.

23장

루외루(樓外樓)

"조금 늦었소이다."

계피학발(鷄皮鶴髮)의 노인이 때가 잔뜩 묻은 섭선을 살랑이며 도착하는 것으로 광천자의 예언 속에 전설로만 내려오던 신비지문(神秘之門) 무림삼비 중 하나인 루외루의 원로들이 모두 모였다.

"여전히 느려 터져서는."

노인에게 눈을 부라린 흑수파파가 주렴이 내려진 방을 향해 공손히 말했다.

"원로들이 모두 도착했습니다."

흑수파파의 말이 끝나고 잠시 후, 주렴이 걷히며 총령이 모습을 드러냈다.

"그간 강녕하셨어요?"

총령이 원로들을 향해 정중히 고개를 숙였다.

"허허허! 며칠이나 되었다고. 한데 이렇듯 또다시 회의를 소집한 것을 보니 무슨 일이 생긴 모양이구나."

총령의 작은할아버지이자 원로회의 수장인 공손규(公孫奎)가 앞에 놓인 찻잔을 가볍게 들이켜며 말했다.

"예, 상의드릴 일이 있어 다시 모셨습니다."

총령이 공손히 대답했다.

"혹, 루주께서 출관을 하시는 것이냐?"

가장 늦게 도착한 조유유(趙悠悠)가 활짝 폈던 섭선을 접으며 물었다.

"그건 아닙니다. 조만간 출관을 하신다는 전언이 계시기는 했지만 아직은 아닙니다."

"하면 일전에 그 수호령주가 하는 놈의 문제로 다시 보자고 한 것이구나. 아니면 의협진가?"

장사치의 복장을 하고 있는 공손창(公孫胀)이 물었다.

"관계는 있지만 주된 내용은 아닙니다."

"하면 무엇이냐? 무슨 일로 우리를 다시 부른 것이지?"

유난히 눈매가 매서운 이명(李冥)이 카랑카랑한 음성으

로 따져 물었다.

"자세한 설명은 제가 아니라 환 단주에게 듣는 것이 좋겠습니다."

총령이 말석에 조용히 앉아 있는 비상 단주 환종에게 시선을 주었다.

"지난번 원로회의에서도 그랬고 네 녀석이 또 앉아 있기에 심상찮은 일이 벌어졌다 싶었다. 무슨 일이냐? 뜸 들이지 말고 속 시원히 설명을 해 보아라."

이명이 설명을 채근했다.

"세외가 일통되었다고 합니다."

"세… 외?"

이명은 물론이고 다른 원로들도 환종의 말을 이해하지 못하다가 이내 그 의미를 깨닫고는 놀라움을 감추지 못했다.

"세, 세외라면 혹 세외사패를 말하는 것이냐?"

공손창의 음성이 살짝 떨렸다.

"그렇습니다. 북해의 빙마곡, 대막의 낭인천, 남만의 야수궁, 서역의 마불사가 하나의 세력으로 뭉쳤습니다."

"확실한 것이냐?"

공손규가 물었다.

"무황성에서 흘러나온 말이라 아직 확신할 수는 없습니

다. 지금 모든 요원을 풀어 확인중입니다."

"무황성?"

공손규의 미간이 찌푸려졌다.

"예, 천추지연이 끝난 후, 무황성 핵심 수뇌부들의 움직임이 심상치 않다는 정보가 전해졌습니다. 이후, 무황이 무황성에 모인 각 문파의 대표들에게 세외사패가 일통이 되었으며 그들의 공격이 임박했음을 통보했다고 합니다. 이로 인해 무황성은 비상체제로 돌입했으며 세외사패의 공격에 대한 대책을 세우기 위해 매일같이 밤을 새우고 있다고 합니다."

"세외사패가 최근 들어 힘을 키우고 있는 것은 알았지만 하나로 합쳐졌다는 것은 확실히 놀라운 일이군. 그런데 어떤 세력이 나머지 삼패를 굴복시켰다는 것이냐?"

선풍도골(仙風道骨)의 풍채를 지닌 노인이 고개를 갸웃거리며 물었다.

원로들 중 가장 왜소한 몸집을 지녔고 겉으로 드러난 기세 또한 변변치 않은 노인이었으나 삼십 년 전, 혜성같이 나타나 당시 내로라하는 고수들과 백 번의 비무를 완벽하게 승리한 후 다시 존재를 감추며 무림에 엄청난 충격을 안긴 경천검혼(驚天劍魂) 갈천상(葛天翔)이 바로 그였다.

"그것이 조금 애매합니다."

"애매하다?"

"예, 무황성 쪽에서도 정확하게 어느 세력이 일통을 했는지는 파악하지 못한 듯합니다. 제삼의 세력이 개입을 해서 사패를 일통했다는 말도 있습니다만 이 역시 검증되지 않은 정보라 확인이 필요합니다."

환종의 대답에 공손규가 착 가라앉은 음성으로 말했다.

"무황성의 수뇌들이 모든 정보를 공개하지는 않았을 터. 상황을 정확하게 파악하기 위해서라도 기민하게 움직일 필요가 있겠어."

"예, 현재 가용할 수 있는 모든 요원을 세외로 움직였습니다."

고개를 끄덕인 공손규가 총령에게 시선을 돌렸다.

"대업을 앞둔 시점에서 생각지도 못한 변수가 발생했구나. 어찌 대처할 생각이더냐?"

"일단 상황을 지켜볼 생각입니다."

"상황을 지켜본다?"

"예, 작은할아버지 말씀대로 사패의 일통은 큰 변수입니다만 어쩌면 하늘이 우리에게 준 기회일 수도 있다는 생각입니다. 제대로 이용만 한다면 득이 되면 되었지 결코 해가 되지는 않을 것 같습니다."

"어부지리를 챙길 생각이구나."

조유유가 섭선을 흔들거리며 말했다.

"그렇습니다. 일통된 사패는 과거보다 더욱 막강한 힘으로 무황성을 공격할 것이고 상대가 상대이니만큼 무황성 역시 최선을 다할 수밖에 없습니다. 누가 이기든 회복하기 힘든 피해를 입을 것이고 그때 우리가 나선다면 손쉽게 무림을 장악할 수 있습니다."

"뭐, 틀린 말은 아닌 것 같네."

조유유가 흡족한 미소를 흘리며 고개를 끄덕였다.

원로들 대부분이 그와 같은 생각이었다. 하지만 한 사람만은 예외였다.

"아우의 표정이 어둡군. 무슨 문제라도 있나?"

공손규가 지금껏 침묵을 지키며 차만 홀짝이던 공손무(公孫霧)에게 물었다.

공손무가 찻잔을 내려놓으며 엷은 웃음을 흘렸다.

"문제랄 것 없습니다. 다만 한 가지 마음에 걸리는 것이 있군요."

"그게 뭔가?"

"사패를 일통했다는 제삼의 세력 말입니다."

"아직 확인되지 않았습니다."

총령의 반박에 공손무는 가볍게 고개를 저었다.

"확인이 되지 않았을 뿐이지 틀림없이 존재할 것이다. 노부가 아는 한 사패의 힘은 서로 엇비슷하다. 결코 한 곳이 나머지를 굴복시킬 수 없어."

"세외사패라면 무황성과 어깨를 나란히 할 수 있을 만큼 막강한 힘을 지닌 곳이네. 그런 사패를 굴복시킬 수 있는 자들이 누가 있단 말인가? 난 일통이라는 말도 이해가 가지 않네. 그저 연합을 공고히 했다는 것을 말하는 것이 아닐까?"

갈천상이 의문을 표하자 이명이 고개를 저었다.

"그럴 수도. 하지만 무황성의 정보력이 그 정도도 파악하지 못할 정도는 아니라고 보는데."

공손무가 다시 입을 열었다.

"일외출이면 군림천하요, 이외출이면 난세천하라고 했네. 루주가 폐관을 마치고 나면 천외천에 이어 우리 루외루가 대업이 일보를 내딛게 되지. 그야말로 난세의 도래. 그러나 광천자의 예언이 그게 끝이 아님은 다들 알지 않는가."

광천자의 예언을 떠올린 원로들이 저마다 한마디를 내뱉었다.

"삼외출, 혈풍천하!"

"무림삼비!"

"산… 외… 산!"

"서, 설마 산외산을 말하는 건가?"

갈천상이 흔들리는 눈빛을 감추지 못하고 물었다.

"우리가 수백 년의 세월을 음지에서 보냈듯 그들 역시 똑같은 이유로 힘을 기르고 있었을 터. 세외사패가 지닌 힘과 수백 년간 이어져 내려온 역사를 감안했을 때 그들을 일통시킬 수 있는 가능성을 지닌 곳은 천외천과 우리를 제외하면 오직 산외산뿐이라는 생각이네. 결코 쉽지 않은 일이겠지만"

공손무의 말에 원로들은 무거운 침묵만을 지켰다.

"정말 산외산이 움직인 것인지는 조사를 해보면 알게 되겠지. 그때까지는 가능성만 보도록 하지. 판단 또한 보류하도록 하고. 비상의 활약이 그 어느 때보다 필요한 때다."

공손규의 말에 환종의 표정이 살짝 굳었다.

"최선을 다하겠습니다."

"믿지."

가볍게 고개를 끄덕인 공손규는 좌중의 분위기가 너무 심각하게 흐른다고 생각했는지 슬쩍 화제를 돌렸다.

"한데 의협진가의 일은 어찌 되었느냐? 그들이 천외천일 가능성이 있다고, 조사를 해본다고 했던 것 같은데."

"여러모로 조사를 해보았지만 그들이 천외천일 가능성은 없었습니다. 제가 너무 앞서 나갔던 것 같습니다."

진유검의 너무도 충격적인 등장에 무황성이 아니라 의협진가를 천외천이라 잠시 의심을 했던 환종이 겸연쩍은 얼굴로 고개를 숙였다.

　"충분히 이해한다. 그만한 고수가 갑자기 등장을 한데다가 의협진가의 행보마저 영 수상했으니 그런 착각도 가능한 것이겠지."

　다른 원로들과는 달리 이미 보고를 받아 결과를 알고 있던 공손규가 웃으며 마무리를 지으려 할 때 이명의 퉁명스런 음성이 들려왔다.

　"쯧쯧, 아무리 그래도 그렇지. 무황성 놈들의 정체를 파악한 지가 언제인데 그걸 의심해."

　"죄송합니다."

　"죄송할 일을 왜 하느냐? 비상의 단주가 그런 쓸데없는 생각을 하니 세외사패가 일통되는 것도 파악하지 못한 것이다. 직무유기란 말이다. 루주께서 출관하시면 반드시 짚고 넘어가야 할 문제야."

　"죄는 달게 받겠습니다."

　환종이 한 번 더 고개를 숙였다.

　세외사패의 일에 대해선 입이 열 개라도 할 말이 없었기 때문이었다.

　"그 덕에 재미난 것을 알게 되었지요."

환종이 너무 심하게 질책을 당한다고 여겼는지 총령이 그를 두둔하고 나섰다.

"재미난 것이라니?"

이명이 너무 앞서 나간다는 생각에 인상을 찌푸리던 조유유가 얼른 되물었다.

"수호령주와 복천회가 연관이 있다는 것이 이번 조사를 통해 확인되었습니다."

"복천회라면 천마신교의 떨거지들?"

"예."

"수호령주가 그놈들과 연관이 있더란 말이냐?"

"그렇습니다."

"흠, 재밌군. 무황성의 수호령주가 천적이나 다름없는 천마신교의 놈들과 연관이 있다니. 그야말로 무황성이 발칵 뒤집힐 일이겠어. 아, 당연히 우호적인 관계로 있다는 말이겠지?"

조유유의 시선이 환종에게 향했다.

"그렇습니다. 수호령주의 행적을 추적하기 위해 비상의 요원들이 항주는 물론이고 주산군도 일대를 샅샅이 훑는 과정에서 몇몇 대원이 실종을 당하는 일이 발생했습니다."

"비상의 요원이 실종을 당할 정도라면 확실히 수상한 일이군."

"예, 해서 요원들의 실종을 인지하고 더 많은 인원을 급파했습니다. 한데 그 과정에서 난데없이 복천회가 모습을 드러낸 것입니다. 그것도 단순히 흔적이 발견된 것이 아니라 수백 명의 인원이 항주에 당당하게 입성을 하였습니다."

말이 끝나기도 전에 이명의 입에서 탄성이 터져 나왔다.

"허! 간덩이가 부었군. 아니면 천마신교를 우습게 볼 정도로 힘을 키웠던가."

"그 짧은 시간 동안 힘을 키워봐야 얼마나 키운다고."

갈천상이 회의적인 표정으로 고개를 저었다.

"맞습니다. 현재까지 드러난 인원이 상당하고 또 어느 정도 감춰둔 전력이 있을 것이라 예상은 되지만 그래도 천마신교의 상대는 될 수는 없습니다."

수하들의 보고를 통해 복천회의 전력을 최소 천에서 최대 이천까지 생각하고 있던 환종이 동의를 표했다.

"그런데 어째서 갑자기 정체를 드러낸 것이지? 천마신교가 눈에 불을 켜고 찾고 있는데."

공손창이 물었다.

"저희 요원과 연관이 있다고 봅니다."

"자세히 말해봐라."

"주산군도에서 실종된 요원이 숨어 있던 복천회와 마주친 것이라 여겨집니다. 복천회에선 아마도 더 이상 자신들의 정체를 숨길 수 없다고 판단한 것 같습니다."

"큭! 수호령주의 자취를 쫓아 움직였는데 그 끝에서 튀어나온 것은 수호령주의 비밀이 아니라 엉뚱하게도 복천회라는 것이로군."

조유유가 웃음을 터뜨렸다.

"그래도 이건 억측이 아닐까? 그 정도로 수호령주와 복천회과 모종의 연관이 있다고 엮기는 어려울 것 같은데."

공손창의 물음에 환종은 빠르게 대답했다.

"결정적인 증거가 하나 더 있습니다."

"그게 무엇이냐?"

"수호령주가 무창에 도착하자마자 가장 먼저 한 일 중 하나가 무창의 밤을 지배하던 흑월방을 모조리 쓸어버리는 것이었습니다."

"신도세가의 수족이니 당연한 것이겠지. 이권도 쏠쏠했을 것이고."

"그런데 이후에도 흑월방은 사라지지 않았습니다. 수뇌부들은 모조리 사라졌지만 흑월방은 여전히 무창의 밤거리를 지배하며 막강한 영향력을 행사하고 있습니다. 과거 무자비한 만행을 저지르던 흑월방이 아니라 밤의 수호자 비슷한 역할로서 변모를 하기는 했지만 말이지요. 그런데 그런 흑월방의 새로운 주인이 누구인지 아십니까?"

환종이 좌중을 둘러보며 물었다.

"의협진가라도 된다는 말이냐?"

이명이 입술을 비틀며 되물었다.

"아니지요. 다름 아닌 복천회입니다. 객점으로 위장한 복천회 무창지부에서 흑월방을 장악한 것입니다. 수호령주의 묵인하에."

"확실한 것이냐?"

"물론입니다. 의협진가를 천외천으로 의심을 했던 저입니다. 짧은 시간이지만 철저하게 조사를 했습니다."

확신에 찬 환종의 대답에 곳곳에서 탄성이 터져 나왔다.

"허! 놀랍군."

"단주의 말이 맞다면 수호령주와 복천회가 연관이 있다는 것은 틀림없는 사실이 되겠어."

"이것 참. 물과 기름이 섞이다니 말이야."

느긋하게 원로들의 반응을 즐기던 환종이 말을 이었다.

"어쩌면 수호령주의 무공이 그토록 강한 것도 그들로 인해서일 수도 있습니다. 패퇴한 자들이기는 하나 천마의 후예를 따르는 자들이야말로 천마신교의 진정한 고수들이니까요."

"불가능하다. 어찌 정공과 마공이……."

반박을 하던 이명의 말은 갈천상에 의해 끊겼다.

"만류귀종이라 했네. 어느 수준에 오른 후에야 그것이 무슨 의미가 있을까. 어차피 깨달음의 차이겠지."

조유유가 맞장구를 쳤다.

"그럴 수도 있겠군. 어쩌면 수호령주가 정공과 마공의 정수를 취했을 수도 있겠어. 강함이 충분히 설명이 돼."

하지만 갈천상과 조유유와는 달리 대부분의 원로는 다소 부정적인 표정이었다.

말이 쉽지 정공과 마공의 정수를 취하고 하나로 합친다는 것이 얼마나 요원한 것인지 알고 있기 때문이었다.

잠시 침묵을 지키던 공손규가 총령에게 물었다.

"천마신교에도 복천회의 소식이 들어갔겠지?"

"예, 그쪽도 복천회의 흔적을 계속 쫓아왔으니까요. 항주 인근이라는 것도 어느 정도 파악을 하고 있었고요."

"멍청한 놈들이 덮어놓고 공격을 하는 것은 아닌지 몰라."

공손규가 쓰게 웃으며 말했다.

"설마요. 그자들은 몰라도 그 아이가 그럴 리는 없지요."

총령의 입가에 묘한 웃음이 지어졌다.

*　　　*　　　*

복건성 서북부에 자리한 무이산(武夷山).

서른여섯 개의 봉우리와 구십구 개의 암석, 그리고 신선
경이라 불리는 구곡계(九曲溪)를 품은 무이산은 중원에서도
손꼽히는 명산으로 그중에서도 으뜸으로 치는 것은 천 길
낭떠러지를 자랑하는 천유봉(天游峰)이다.

깎아지른 듯 가파른 길을 지나 정상에 오르면 수많은 봉
우리가 한눈에 내려다보이고 각 봉우리를 휘감고 도는 구
곡의 절경이 한 폭의 그림처럼 드러나는, 천유봉에 오르지
않고는 감히 무이산을 보았다고 말하지 말라는 말이 있을
정도로 수많은 시인, 묵객, 관광객의 발길이 끊이지 않던
곳.

한데 어느 순간부터 천유봉, 아니, 무이산 전체가 인적이
뚝 끊겨 버리고 말았으니 무황성과 함께 무림이세로 불리
는 천마신교의 교궁(敎宮)이 세워진 이후였다.

원래 무이산은 무당산, 화산과 같은 도교의 명산이었고
무이궁(武夷宮)이라는 거대한 도관이 자리한 곳이었다.

하지만 천마신교가 천유봉 정산에 터를 잡는 과정에서
이에 반발한 무이궁은 천마신교의 압도적인 무력에 의해
흔적도 없이 사라졌다.

무이궁의 건물은 모조리 해체되어 천마신교의 교궁을 짓
는데 사용되었으며 무이산에 산재한 수많은 도관 역시 무

이궁과 같은 신세를 면하지 못했다.

천유봉을 중심으로 각 봉우리와 골짜기마다 천마신교를 위한 건물과 전각들이 들어서고 온갖 기관매복이 설치되기 시작하자 도교의 명산이 천마신교의 악도들에게 짓밟히는 것을 보다 못한 무당, 화산파를 비롯하여 많은 도교 문파가 천마신교를 응징해야 한다는 주장을 펼쳤지만 무황성의 수뇌들은 그들의 의견을 묵살했다.

당시 힘겹게 내분을 수습한 천마신교의 상황상 무황성과의 충돌은 그들 내부의 불만을 잠재우고 흐트러진 결속을 다지는 데 이용될 가능성이 다분했고 자칫 전면전으로 치달을 확률이 높았기 때문이었다.

무황성의 외면 속에 십오 년이 흐른 지금, 무이산은 완벽하게 천마신교의 영역으로 굳어지게 되었다.

천유봉 남쪽에 위치한 일월루(日月樓).

천마신교의 대소사를 결정하는 수뇌회의는 물론이고 큰 행사가 있을 때마다 연회를 펼치는 곳답게 일월루는 무이산에 세워진 천마신교의 건물 중 규모가 가장 컸다.

경치 또한 으뜸인지라 교주 천마대제(天魔大帝) 초진악(楚振岳)은 처소이자 집무실인 천궁(天宮)보다 일월루에서 머물기를 좋아했다.

침상만큼이나 커다란 의자에 비스듬히 기대어 나삼 차림의 어린 시비의 젖무덤을 가볍게 주무르며 보고를 듣던 초진악이 손가락을 까딱거렸다.

"서두가 너무 길다. 그러니까 그때 도망친 놈들이 항주에서 발견되었다는 말 아니냐?"

"그렇습니다."

천마신교의 정보를 책임지고 있는 흑무(黑霧)의 수장 추융(秋融)이 초진악의 눈치를 살피며 대답했다.

"정확한 규모는?"

"대략 사오백 정도 되는 것 같습니다만 완벽하게 파악된 것은 아닙니다. 계속 보고가 올라오고 있으니 조금만 더 시간을 주시면 놈들의 규모가 정확하게 파악될 것입니다."

"어떻게 생각하느냐?"

초진악이 노회한 수뇌들 사이에서 조용히 앉아 있는 사내에게 물었다.

나이 스물에 천마대제 초진악을 천마신교의 교주로 만든 군사 혁리건(赫里建)이었다.

"겉으로 드러난 규모가 사오백이라면 드러나지 않은 전력까지 한다면 최소한 세 배는 되겠군요."

"천오백이라. 그래 봤자 하찮은 숫자야."

초진악이 가소롭다는 듯 비웃자 혁리건이 가만히 고개를

저었다.

"십오 년을 음지에서 숨어 살다가 세상에 모습을 드러냈습니다. 게다가 보란 듯이 항주에 터를 마련했고요. 파격적인 행보인만큼이나 자신감이 있다는 뜻일 겁니다."

"파격이고 자신감이고 상관할 것 없이 그냥 쓸어버리면 그만이다."

초진악의 오른팔이자 천마신교 수뇌들 중 가장 폭급한 성격을 지닌 신교좌사 혈천마부(血天魔斧)가 가소롭다는 얼굴로 소리쳤다.

"저를 보내주십시오, 교주. 한걸음에 달려가 모조리 쓸어버리겠습니다."

혈천마부가 엉덩이를 들썩이며 금방이라도 뛰쳐나갈 듯한 모습을 보이자 마주 앉아 있던 신교우사 고루마종(骷髏魔宗)이 덩달아 몸을 일으키며 말했다.

"제가 다녀오겠습니다. 혈륜전마가 살아 있는 것으로 확인된 이상 좌사로는 역부족입니다."

"뭐야! 내가 혈륜전마를 감당하지 못한다는 말이야?"

혈천마부가 눈을 부라리며 물었다.

"과거에 놈들을 쫓다가 혈륜전마에게 제대로 물을 먹고 실패했다는 것을 잊은 모양이군."

"헛소리하지 마라! 혈륜전마를 외눈박이로 만든 사람이

바로 노부다."

"눈 하나 얻는 대가로 개박살이 난 것도 덧붙여야지. 아울러 잔당들을 살려 보낸 사실까지도."

"보자보자 하니까 이 늙은이가! 당시엔 실수였다고 몇 번이나 말해!"

잔뜩 흥분하여 날뛰는 혈천마부에 비해 고루마종은 태연스럽기만 했다.

"실수? 뭐, 그렇게 주장한다면 인정해 주지. 그런데 그 실수라는 거 이번에도 하지 않는다는 보장이 있을까?"

"뭐랏!"

혈천마부가 불같이 화를 내려는 찰나 냉큼 고개를 돌린 고루마종이 초진악을 향해 고개를 숙였다.

"간단한 도발에도 저리 쉽게 흥분하는 좌사를 보냈다가 자칫 놈들의 사기만 올려줄 수 있습니다. 저를 보내주십시오. 깔끔하게 해결하고 오겠습니다."

"일리가 있는 말이군."

초진악이 동의한다는 듯 고개를 끄덕이자 혈천마부의 표정이 확 일그러졌다.

"교, 교주님."

"쯧쯧쯧, 툭 건드리기만 해도 폭발하는 그 성격을 고치지 못하면 언제고 큰 낭패를 당한다고 본좌가 누누이 얘기를 했을 텐데."

"죄, 죄송합니다."

"놈들을 토벌하는 일은 우사가 맞는 것으로 해."

"감사합니다, 교주."

얼굴 가득 미소를 띤 고루마종이 머리를 조아렸다.

"뭐, 좌사도 한 팔 거들고 싶으면 그렇게 하고. 굳이 말리지는 않을 테니까."

"가, 감사합니다, 교주."

혈천마부가 환한 얼굴로 대답했다.

어떨 결에 토벌이 결정되자 장내에 앉아 있던 수뇌들 또한 저마다 자신의 참가를 주청하고 나섰다.

십년이 훌쩍 넘도록 이어진 평화에 찌들고 지친 그들에게 복천회는 그야말로 오랜만에 피 맛을 볼 수 있는 기회였기 때문이었다.

"군사는 어째서 말이 없느냐?"

초진악이 와자한 분위기 속에서 홀로 침묵을 지키고 있는 혁리건에게 물었다.

좌중의 시선이 혁리건에게 쏠렸다.

토벌에 참가하는 인원은 둘째치고 세부적인 계획은 어차피 군사인 혁리건이 세우게 될 터.

그가 어떤 식으로 토벌을 하려 할지 궁금해하는 모습들

이었다.

혁리건은 그들의 생각을 철저하게 배신했다.

"전면적인 토벌은 절대 불가합니다."

나직하면서도 어딘지 모르게 힘이 느껴지는 음성.

고루마종을 토벌대의 수장으로 삼는 것으로 이미 토벌을 결심한 초진악은 물론이고 천마신교 수뇌들의 얼굴도 딱딱하게 굳었다.

"이유를 말해 보아라."

초진악이 은은한 분노가 실린 음성으로 말했다.

"교주님께서 무황성과의 전면전을 각오하신다면 반대하지 않겠습니다."

"무… 황… 성?"

초진악의 입술이 거칠게 뒤틀렸다.

"항주에는 무황성의 지부가 있습니다. 지부치고는 손에 꼽힐 정도로 큰 규모지요. 그만큼 중요하게 여기는 곳이 항주입니다."

"그런데?"

"무황성은 본교가 잔당들을 토벌한다는 명목으로 항주에 대거 입성하는 것 자체를 반기지 않을 것입니다."

고루마종이 고개를 갸웃거렸다.

"하지만 항주 지부 정도는 눈 깜짝할 사이에 쓸어버릴 수 있는 인원이 새롭게 둥지를 틀었다. 아무리 우리와 척을 지고는 있다고 해도 놈들 입장에서 본교가 나서서 잔당을 처리해 준다면 환영할 것 같은데."

"평소라면 아마도 그랬을 것입니다. 그런데 지금은 상황이 조금 바뀌었습니다."

"바뀌었다니?"

"일전에 수호령주에 대해서 말씀드린 적이 있습니다."

"기억한다. 애송이치고는 대단한 실력을 지녔다고 했지."

"문일청을 가지고 놀 정도면 대단하긴 하지."

혈천마부가 맞장구를 치며 고개를 끄덕였다.

"단순한 애송이가 아닙니다. 흑무에서 확인한 정보라면 그자의 무공은 문일청 정도가 아니라 어쩌면 무황 이상일 수도 있습니다. 천무진천 또한 그에게 꺾였습니다."

순간, 이미 보고를 들어 알고 있던 초진악을 제외한 모든 이의 얼굴에 경악이 서렸다.

"천무진천이 꺾였다는 말이 사실이냐?"

혈천마부가 떨리는 목소리로 물었다. 도저히 믿기지 않는다는 얼굴이다.

"사실입니다."

"정말 믿을 수 없는 일이다. 천무진천이라면⋯⋯."

고개를 설레설레 내저은 고루마종도 너무 놀랐는지 말을 잇지 못할 정도였다.

"한데 애송이의 무공이 뛰어나다는 것과 본교의 일과 무슨 상관이냐?"

혈천마부가 놀란 가슴을 진정시키며 물었다.

"수호령주는 등장과 동시에 신도세가, 이화검문과 크게 충돌을 했고 엄청난 손실을 안겼습니다. 그렇잖아도 후계자 문제로 내홍을 겪고 있던 무황성은 더욱 큰 혼란에 빠질 뻔했지만 무황의 중재로 일단 겉으로 드러난 분란은 잠시 가라앉았지요. 하지만 언제 다시 수면 위로 솟구칠지 모르는 불안 요소입니다. 이런 상황에서 외부의 적이 등장을 한다면 무황이 어떤 판단을 내릴 것 같습니까?"

"그야 당연히……."

대답을 하려던 혈천마부가 움찔했다.

혁리건이 말하는 상황을 언젠가 경험을 해본 적이 있는 것 같았기 때문이었다.

"과거 본교가 이곳 무이산에 새롭게 정착을 했을 때 무황성이 어째서 우리를 공격하지 않았는지 기억하고 계실 겁니다. 여기 계신 분들 대부분이 당시 무황성이 본교를 공격한다면 전면전을 벌여야 한다고 주장하셨으니까요. 아닙니까?"

"커흠."

크게 헛기침을 한 혈천마부가 슬그머니 고개를 돌리고 대다수의 수뇌들 또한 과거의 일을 떠올리며 혁리건의 말에 반박하지 못했다.

"같은 상황입니다. 만약 본교의 병력이 항주로 진입을 한다면 무황은 결코 간과하지 않을 것입니다. 본교가 복천회 토벌이라는 명분을 가지고 있다고 해도 말이지요. 항주에 정착한 복천회와 은밀히 손을 잡고 본교를 공격할 수도 있습니다. 어쩌면 복천회 놈들이 이 시점에서 모습을 드러내고 항주에 자리를 잡은 것엔 이런 노림수가 있을지도 모르는 일이지요."

복천회의 노림수가 있다는 말에 다들 크게 동요했다.

"군사의 말에 일리가 있는 것 같습니다. 서둘러서 될 일은 아닌 것 같습니다, 교주."

천마신교에서 나름 심기가 깊기로 유명한 수라노괴(修羅老怪)가 혁리건의 말에 동조하고 나섰다.

"더불어 성소(聖所)의 상황도 면밀히 살필 필요가 있습니다."

혁리건이 천마신교의 발상지인 십마대산을 언급하자 다들 표정이 심각하게 변했다.

그곳엔 아직도 전대 교주를 추종하는 무리가 상당했다.

겉으로 드러내놓고 항거를 하는 것은 아니나 어떤 계기만 마련되면 칼을 거꾸로 잡을 이들이 부지기수였다.

그것이 현 교주와 수뇌들이 십만대산을 버리고 무이산으로 자리를 옮긴 이유 중 하나이기도 했다.

"그건 확실히 할 필요가 있겠군. 복천회 놈들이 어떤 충동질을 하고 있을지 모르니까 말이야. 대처는 했겠지?"

팔짱을 끼고 대화를 지켜보던 초진악이 상체를 앞으로 내밀며 물었다.

"감시하는 인원을 증원하라 명을 내려놓았습니다."

"그것으론 부족하다. 만에 하나 반란이라도 일어난다면 이를 사전에 꺾어버릴 병력도 필요해."

"바로 조치하도록 하겠습니다."

혁리건이 허리를 숙이며 명을 받았다.

"하면 토벌은 어찌하는 것입니까?"

혈천마부가 물었다.

"일단 토벌은 미루도록 하겠다. 전면전? 흥, 그따위를 두려워할 본좌가 아니다. 성소가 안전하다고 판단되는 순간, 바로 토벌을 시작할 것이니 좌사와 우사는 그리 알고 미리 준비를 하도록 해라."

"존명!"

혈천마부와 고루마종이 동시에 명을 받았다.

일월루와 마주 보고 있는, 천유봉에서도 가장 외진 곳에 위치한 흑무각(黑霧閣).

흑무각의 주인이자 천마신교의 정보력을 한 손에 틀어쥐고 있는 추융과 군사 혁리건이 공손히 시립한 채 누군가에게 보고를 올리고 있었다.

추융은 둘째치고 현 교주를 지금의 자리에 오르도록 만드는데 혁혁한 공을 세운 혁리건이 지금처럼 조심스런 태도로 보고를 올리는 대상은 오직 천마신교의 교주뿐이다.

대외적으로는 분명 그랬다.

한데 놀랍게도 그들의 앞에 앉아 있는 사람은 이십대 후반의 여인.

"그래서? 일단 토벌대는 막았다는 말이군요."

여인이 홍미롭다는 표정으로 물었다.

"그렇습니다. 하지만 교주는 성소가 안정되어 있다는 것이 확인되면 바로 토벌대를 움직일 수 있도록 준비를 하라 명을 내렸습니다."

혁리건의 말에 여인의 입가에 비웃음이 가득 실렸다.

"멍청한 건 여전하군요. 지금 무황성과 충돌해서 어쩌자는 건지. 헛소리하지 말고 조용히 처박혀 있으라 전하세요."

여인의 일갈에 혁리건은 아무런 대답도 하지 못했다.

"왜 대답을 못하지요?"

"교주의 태도가 예전 같지 않습니다."

"예전 같지 않다니요? 아! 어느 정도 자리를 잡았다고 생각하는 모양이군요."

여인이 가소롭다는 듯 웃었다.

"불안했던 권력을 안정적으로 틀어진 이후부터는 자신감이 부쩍 생긴 것 같습니다. 근래 들어 무공에 큰 진전이 있었던 것도 이유 중 하나입니다."

추융의 말에 여인의 웃음이 더욱 짙어졌다.

"그럼 그 자신감부터 없애줘야겠군요. 청송(靑松)."

여인의 부름이 끝나기도 전, 한 사내가 모습을 드러냈다.

"예, 령주님."

"교주의 무공 수준이 어느 정도나 되나요?"

"화경을 넘어 현경에 이른 것 같습니다."

"호! 제법이네요. 확실히 자신감을 가질 만하겠어요. 그래도 자신은 있겠지요?"

여인의 물음에 청송은 검을 품에 안은 자세 그대로 아무런 대답도 하지 않았다.

"미안해요. 제가 실례되는 말을 했군요."

여인은 진심으로 사과를 했다.

비록 지금은 신분의 차이가 있으나 청송은 오래전부터 그녀의 부군으로 내정된 상황.

조만간 부부의 연을 맺을 사이기에 말과 행동이 더욱 조심스러웠다.

"괜찮습니다."

청송이 부드럽게 말하자 그제야 굳어 있던 여인의 얼굴이 펴졌다.

"교주에게 천상천(天上天)이 있다는 것을 다시 한 번 확실하게 각인시켜 줘야겠어요. 뭐, 여차하면 갈아치우는 것도 생각해 볼 필요가 있겠네요."

"복천회가 준동하는 상황에서 교주가 교체되면 자칫 천마신교 자체가 흔들릴 여지가 있습니다."

혁리건이 우려를 나타내자 여인은 그에게 서찰 하나를 내주며 고개를 저었다.

"무림의 상황이 급박하게 돌아가고 있어요. 방금 전, 언니가 보내온 서찰이에요."

혁리건과 추융은 여인의 표정에 드러난 심상치 않은 기운을 느끼며 빠르게 서찰을 읽어내려 갔다.

그들의 표정이 시시각각으로 변했다.

"이, 이게 사실입니까?"

혁리건이 떨리는 음성으로 물었다.

"일단 무황성에서 얻은 정보로는 그런 듯싶군요. 비상에서 확인에 들어갔다고 하니 곧 알게 되겠지요. 각주께선 사패, 특히 남만의 야수궁의 움직임에 신경을 써주세요. 저들이 북진을 하면 가장 먼저 충돌할 곳이 바로 천마신교니까요."

"바로 조치하겠습니다."

추융이 공손히 머리를 조아렸다.

"아무튼 이제 아시겠지요? 지금은 복천회 따위에 신경을 쓰고 있을 때가 아니에요. 또한 우리에겐 머리를 치켜드는 짐승이 아니라는 말 잘 듣는 애완동물이 필요하다는 것을 명심하세요."

무황성과 더불어 무림이세라 칭해지는 천마신교를 암중에서 틀어쥐고 흔드는 여인, 금령의 차가운 음성에서 혁리건과 추융은 교주의 운명이 어느 정도 결정됐다고 판단했다.

24장

을부곡(陰府谷)

한 사내가 비조(飛鳥)처럼 내달렸다.

인간의 움직임이라곤 믿기지 않을 만큼 빠른 속도였다.

그를 쫓는 바람은 그가 지난 뒤, 한참 뒤에야 수풀과 나
뭇가지를 흔들었다.

악양을 떠난 지 정확히 이틀.

제대로 된 휴식은커녕 물조차 제대로 마시지 못하고 전
서구를 뒤쫓은 전풍의 몰골은 말이 아니었다.

길도 없는 거친 숲을 뚫느라 입고 있는 의복은 갈가리 찢
겨졌고 온몸에 생채기가 났다.

어찌나 많은 땀을 흘렸는지 그 땀이 말라 하얀 소금 결정이 되었으며 이제는 더 이상 흘러내릴 땀도 없었다.

그런데 어느 순간, 영원히 멈출 것 같지 않던 전풍의 발걸음이 멈췄다.

지칠 줄 모르고 날갯짓을 하며 서쪽으로 날아가던 전서구가 빙글빙글 허공을 돌더니 갑자기 하강을 한 것이다.

잠시 휴식을 취하기 위해 나뭇가지 위로 내려앉던 것과는 분명히 다른 행동이었다.

"빌어먹을 새끼."

전풍의 입에서 절로 욕설이 터져 나왔다.

거친 말과는 달리 얼굴은 환히 빛났다. 마침내 지난 이틀간의 노력이 결실을 맺을 때가 왔다.

거친 호흡을 가다듬은 전풍은 신중한 자세로 전서구가 내려앉은 곳을 향해 전진했다.

전서구가 하강을 했다는 것은 음부곡의 총단이 인근에 있다는 것이고 당연히 경계를 서고 있는 자들도 존재할 터.

그들과 싸우는 것이 두려운 것은 아니나 지칠 대로 지친 상황에서 번거롭기도 했고 굳이 자신의 존재를 알려 적들에게 경계심을 줄 필요는 없다고 판단했다.

그렇게 조심스런 움직임으로 이동하던 전풍의 눈빛이 반

짝거렸다.

우거진 숲에서 뭔가를 발견한 것이다.

"제대로 찾아왔군."

인간의 발걸음이 전혀 닿지 않는 깊은 산속에 은밀히 만들어진 소로(小路).

동물들이 지나다닌 길은 분명 아니었다.

그리고 소로의 끝, 우뚝 솟은 절벽과 절벽의 갈라진 틈을 지키고 있는 경계병을 확인한 전풍은 이후, 한참 동안이나 주변을 살피다 미련없이 몸을 돌렸다.

"모두 모인 것인가?"

살수계에서 천하제일을 논할 때 언제나 첫손에 꼽히는 음부곡의 부곡주 장소흔(張燒痕)이 섬뜩한 눈빛을 뿜어내며 물었다.

"사대장로와 곡주님을 수행하고 있는 육살과 구살을 제외한 십대살수가 모두 모였습니다."

일장로가 대답했다.

암흑뇌전(暗黑雷電)이란 별호로 천하제일 살수로 추앙받다가 이십여 년 현역에서 은퇴한 곽뢰(郭雷)였다.

비록 과거에 비해 많이 노쇠했다고는 해도 깊이가 보이지 않을 정도로 착 가라앉은 눈동자는 그가 여전히 위험한 존재임을 드러내고 있었다.

"천살대(天煞隊)와 지살대(地煞隊)도 준비되었느냐?"

"명을 전달했으니 대기하고 있을 것입니다."

십대살수의 수장 일살이 공손히 대답했다.

"대체 무슨 일이 벌어지고 있는 것입니까? 혹 곡주님 신변에 문제라도 생긴 것입니까?"

곽뢰가 심각한 표정으로 물었다.

"그건 아니네."

"하면 무엇 때문에 비상경계령을 내리신 겁니까? 그것도 갑호 단계의 비상경계령을."

음부곡에 대한 적의 공격이나 그에 준하는 위급 상황이 벌어지면 발동되는 비상경계령은 위험 정도에 따라 세 단계로 나뉘는데 갑호 단계는 그중에서 으뜸이었다.

"이것을 보게."

장소혼이 손바닥만 한 천조각을 꺼내 보였다.

"그게 무엇입니까?"

"반 시진 전, 악양에서 날아온 전서구와 함께 온 것이라네."

곽뢰가 잠시 기억을 더듬다 물었다.

"악양이라면 궁 야장이 보낸 것입니까?"

"전서구는 궁 야장이 소유한 것이나 함께 온 이것은 그가 보낸 것이 아니네."

곽뢰가 천조각에 적힌 글귀를 읽어내려 갔다.

빚을 받으러 가겠다.

간단한 내용이지만 그 의미만큼은 결코 간단하지 않았
다.

음부곡의 특성상 빚이라 함은 결국 목숨빚을 말하는 것.
한마디로 복수를 하러 오겠다는 말이었다.

"광오한 놈이군요."

곽뢰가 어이없다는 얼굴로 천조각을 던졌다.

힘없이 흩날리던 천조각은 이내 다른 장로들의 손으로
빨려 들어가고 결국엔 흔적도 없이 사라지고 말았다.

"놈일 수도 있고 아니면 문파나 세력일 수도 있지."

장소흔의 말에 이장로 망초(望草)가 코웃음을 쳤다.

"어차피 상관없는 일이지요. 제 놈들이 아무리 날뛰어 봐
도 이곳을 찾아내지는 못합니다. 무황성에서도 찾기를 포
기한 곳이 바로 이곳입니다."

망초의 말에 다들 고개를 끄덕였다.

언젠가 무황성의 장로가 음부곡의 살수에게 목숨을 잃었
을 때 복수를 다짐한 무황성은 그들이 지닌 정보력을 총동

원하여 음부곡을 뒤쫓았다.

단일 세력으론 가장 뛰어난 정보력을 지녔다는 개방과 그에 버금간다는 하오문까지 무황성의 요청으로 힘을 보탰지만 결과적으로 그들이 알아낸 것이라곤 음부곡의 본거지가 대파산 어딘가에 존재할 것이라는 막연한 정보뿐이었다.

악양에 위치한 대장간처럼 음부곡의 청부를 받는 곳은 수없이 많이 발견을 했지만 그들을 통해 알아낸 것은 전무했다.

결국 무황성은 음부곡을 쫓는 것을 포기할 수밖에 없었으며 그 일을 계기로 음부곡의 명성은 또 한층 올라가게 되었다.

"설사 노출된다고 해도 뭐가 걱정이란 말입니까? 모조리 쓸어버리면 되는 것을."

음부곡에서 가장 호전적인 사장로 모광(毛廣)이 가소롭다는 듯 소리쳤다.

거대한 덩치에 각진 얼굴, 우락부락한 눈, 커다란 목청 등 살수로선 수많은 결격사유를 지녔음에도 장로의 반열에 오를 정도로 뛰어난 실력을 지닌 살수였다.

"뭐, 그렇기 하지. 아무래도 사장로 자네가 실력을 발휘해야 할 때가 올 것 같네."

장소흔의 쓴웃음에 곽뢰가 재빨리 물었다.

"설마 노출된 것입니까?"

"아마도."

"음."

곽뢰의 입에서 나직한 신음이 흘러나왔다.

다른 장로들과 십대살수 또한 적지 않게 놀란 표정이었다.

"십살."

장소흔의 부름에 그의 명을 받고 전풍의 흔적을 찾아낸 십살이 입을 열었다.

"곡 외곽에서 외부인의 것으로 보이는 흔적을 확인했습니다. 흔적의 동선을 유추해 보았을 때 이곳의 지형을 완벽하게 숙지하고 돌아간 듯싶었습니다."

"몇 놈이나 되더냐?"

모광이 살광을 번뜩이며 물었다.

"한 놈이었습니다."

"한 놈?"

"그렇습니다. 본격적인 공격을 위해 보낸 척후 정도로 여겨집니다."

"경계를 서는 놈들은 뭘 하고?"

모광의 역정에 장소흔이 씁쓸히 웃었다.

"경계서는 아이들을 다그치기보다는 외부에 노출될 가능성이 없다고 판단하여 경계를 소홀히 한 우리들의 자만심을 우선 반성해야 할 것이네. 또한 방심했다고는 해도 우리 아이들의 이목을 피해서 정보를 수집해 갔다면 그만큼 뛰어난 자라고 해도 과언은 아닐 것이고."

"어떤 놈이 우리를 노리는 것인지 파악하는 것이 우선일 듯싶습니다."

망초의 말에 유난히 말이 없던 삼장로 엽표(葉彪)가 나직이 말했다.

"천하가 노린다고 해도 과언은 아니지."

그의 말을 아무도 부정하지 못했다.

그간 음부곡을 통해 벌어진 살수행은 정사마를 가리지 않았고 전 무림에서 자행되었기 때문이었다.

"정말 세상모르고 자네."

곽종은 피풍의 한 장을 깔자마자 널브러진 채 세 시진이 넘는 시간 동안 미동조차 없이 잠에 취해 있는 전풍을 보며 혀를 내둘렀다.

유상이 전풍에게 다가가는 곽종을 말리며 말했다.

"피곤도 하겠지. 그 먼 거리를 쉬지 않고 달렸으니. 비교적 여유롭게 쫓아온 우리도 이렇게 지칠 정도니까."

옷매무새를 고치고 있던 여우희가 방금 전 자리를 떴던 진유검이 다시 돌아오는 것을 확인하곤 말했다.

"하지만 이쯤에서 깨우는 게 좋을 것 같은데."

"조금 더 재우는 것도……."

천천히 고개를 흔들던 곽종은 걸어오는 진유검의 손에 물주머니가 들린 보곤 다급히 전풍의 몸을 흔들었다.

"이제 그만 일어나. 어서!"

목덜미를 벅벅 긁은 전풍이 몸을 홱 돌렸다.

"빨리 일어나라니까!"

곽종이 몇 번을 흔들어 깨웠지만 전풍은 일어날 생각을 하지 않았다.

"난 분명히 깨웠다."

그 말을 끝으로 곽종이 물러나고 그가 물러난 자리를 진유검이 대신했다.

진유검이 발끝으로 전풍의 몸을 툭 건드렸다.

아무런 미동도 없자 진유검이 손에 들린 물주머니를 전풍의 얼굴을 향해 기울였다.

주머니에서 흘러나온 약한 물줄기가 전풍의 얼굴에 떨어졌다.

오만상을 찌푸린 전풍이 무의식적으로 고개를 흔들며 물줄기를 피하려 하였지만 물줄기는 정확하게 그의 얼굴에 쏟아졌다.

끊임없이 쏟아지는 물줄기에 굳게 감겼던 전풍의 눈이 살짝 떠졌다.

"썅! 뭔 놈의 비가……."

신경질적으로 터져 나오던 음성은 한꺼번에 쏟아진 물로 인해 막히고 말았다.

눈, 코, 입으로 쏟아져 들어온 물에 화들짝 놀란 전풍이 벌떡 일어나더니 코를 부여잡고 연신 켁켁거렸다.

"도대체 나한테 왜 그러시는 겁니까?"

전풍이 물과, 눈물, 콧물로 범벅이 된 얼굴을 치켜들며 발작적으로 소리쳤다.

"언제까지 처잘 건데?"

"이렇게 만든 게 누군데요. 놈들의 본거지를 제대로 찾아 냈으면 이 정도 휴식쯤은 인정해 줘도 되는 거 아닙니까? 안 그래요?"

전풍은 자신의 말에 동조해 주기를 바란 곽종과 유상 등이 슬쩍 고개를 돌리며 외면하자 눈을 부라리며 말을 이었다.

"젠장! 시간이 지났으면 좋은 말로 깨우면 되잖아요. 다 짜고짜 물세례가 뭡니까, 물세례가!"

"한참을 깨웠다. 네가 안 일어나서 그렇지. 별수 없잖아.

그렇다고 패서 깰 수도 없는 노릇이고."

"하! 뭐라고요?"

진유검의 말에 전풍이 야유 섞인 눈빛으로 그를 바라보다 곽종과 유상을 향해 고개를 홱 돌렸다.

"진짜요?"

거짓말이다.

진유검은 발길로 툭 건드렸을 뿐이고 곽종 역시 몇 번 몸을 흔들어 본 것이 전부였다.

"그, 그래."

"깨운 건 틀림없다."

곽종과 유상이 어색한 웃음을 흘리며 고개를 끄덕였다.

뭔가 이상함을 느낀 전풍이 여우희에게 고개를 돌렸지만 여후의는 어깨를 살짝 들썩이며 미소를 지을 뿐이었다.

"빌어먹을! 다들 한통속이라니까!"

진유검의 말을 반박할 수 없다고 판단한 전풍은 거칠게 머리카락을 흔들어 사방으로 물기를 털어내는 것으로 소소한 복수를 마쳤다.

"자, 헛소리는 그만하고 이제 설명을 좀 해봐. 제대로 찾긴 한 거냐?"

"찾았다고 말씀드리지 않았습니까? 주변 지형까지 제대

로 파악을 했다고."

전풍이 답답하다는 듯 소리치자 진유검이 입꼬리를 말아 올렸다.

"그 말만 하고 쓰러졌다. 그리고 지금까지 처잤고."

"피곤해서 그랬습니다. 생각 좀 해 보십시오. 인간의 몸으로 하늘을 날아다니는 새를 쫓는 것이 가능키나 한 일입니까? 천하에 그 누구도 하지 못합니다. 저나 되니까 성공을 한 거지요."

전풍이 거드름을 피우자 곽종이 한 소리를 했다.

"우리도 고생했다. 흔적이나 제대로 남기면서 쫓든지. 중간중간 얼마나 헤맸는지 알아?"

전풍이 기다렸다는 듯 되받아쳤다.

"나 원. 그게 전서구를 쫓는 사람에게 할 말이오? 아차 하는 순간에 놓치는데 다른 데 신경 쓸 겨를이 어디 있다고. 알아서 쫓아와야지."

"그야 그렇… 지."

곽종이 본전도 뽑지 못하고 물러나자 한껏 기세가 오른 전풍이 온갖 불만을 토로했다.

한참 동안 전풍의 투정을 받아주던 진유검이 한마디를 툭 내뱉었다.

"언제까지 할래?"

음성에 녹아 있는 노기를 감지한 전풍이 재빨리 입을 다물었다.

"지금부터 설명드리겠습니다."

곽종 등은 자세까지 바로 하는 전풍을 보며 실소를 금치 못했다.

한편으론 그동안 얼마나 당했으면 그럴까 하는 생각에 안쓰러운 마음이 들기도 했다.

"음부곡은 이곳에서 서북쪽으로 다섯 개의 봉우리를 넘는 곳에 위치해 있습니다. 거리상 대략 삼십 리 정도 떨어졌다고 보시면 될 겁니다."

"생각보다 머네. 그렇게 힘들었다면서 아예 근처에서 기다리지 그랬어. 굳이 우리를 찾아올 필요는 없었잖아."

여우희의 말에 감격한 표정을 짓던 전풍이 고개를 저었다.

"역시 누님밖에 없소. 저 인간들은!"

곽종과 유상을 노려본 전풍이 다시금 말을 이었다.

"상황이 좋지 못했어요. 주변을 정탐하고 있는데 갑작스레 분위기가 변하더이다. 내가 들킨 적은 없으니 아마도 전서구를 통해 뭔가를 알아낸 것 같은데 가령 엉뚱한 말을 써서 보냈다거나……."

전풍이 진유검의 눈치를 슬쩍 살폈으나 진유검은 별다른

말을 하지 않았다.

"아무튼 더 이상 정탐은 불가능했습니다. 또한 그쪽으로 특화된 놈들이다 보니 제가 다녀간 흔적도 알아차릴 가능성도 높고 해서 아예 멀찌감치 떨어진 겁니다."

"규모는 어느 정돈데?"

유상이 물었다.

"절벽을 통과하지 못해 확인할 순 없었지만 주변을 둘러본 결과 절벽 안쪽에 상당히 넓은 공간이 있는 것 같소. 마치 화산의 분화구처럼 분지 형태의"

전풍이 허공에 큰 원을 그렸다.

"인원은?"

전풍이 고개를 저었다.

"전혀 파악할 수가 없었소."

유상이 곽종을 향해 시선을 돌렸다.

"음부곡이 어느 정도 규모라고 전해지지?"

"글쎄, 아직까지 실체에 접근한 곳이 없어서 알려진 것이 전무하지 않던가. 누님은 좀 알아요?"

"나도 모르지. 혹자는 일인전승이라고 주장하는 자도 있던데."

여우희의 대답에 유상이 고개를 저었다.

"그건 말도 안 되는 소리요. 음부곡의 이름을 걸고 명성을 얻은 살수가 몇인데. 그만한 살수를 키워 내려면 얼마나 많은 인원을 훈련시키고 있을지 상상도 되지 않습니다."

"그도 그러네."

결국 정확한 것은 아무것도 없었다.

"그거야 직접 부딪쳐 보면 알게 되겠지. 안내해."

진유검이 세세히 따지는 것 자체가 귀찮다는 얼굴로 걸음을 내딛었다.

전풍이 얼른 앞서 일행을 이끌었다.

일각여의 시간이 흘렀을 때 일행은 전풍의 흔적을 따라 경계 범위를 넓힌 음부곡의 살수 한 명과 정면으로 맞닥뜨렸다.

살수는 번개같이 이어진 곽종의 공격에 함께 수색하고 있는 동료들에게 별다른 신호도 보내지 못하고 숨이 끊어졌다.

그와 같은 상황이 몇 번이고 반복되었다.

꽝!

회의장에 놓인 탁자가 산산조각이 났다.

일격에 탁자를 날려 버린 장소혼이 화를 참지 못하고 씩씩댔다.

"지금 뭐라 했느냐? 벌써 이십 명이 넘게 당했다고?"

"그, 그렇습니다."

음부곡의 외부 경계를 책임지고 있던 주방(周方)이 하얗게 질린 얼굴로 대답했다.

"그걸 지금 말이라고 하는 것이냐! 대체 그 많은 인원이 당하고 있을 때까지 네놈은 뭣을 하고 있었단 말이냐?"

장소혼은 금방이라도 숨통을 끊어버릴 기세로 주방을 몰아붙였다.

"죄, 죄송합니다."

입이 열 개라도 할 말이 없었던 주방이 고개를 푹 숙였다.

"비록 외부 경계를 선다고는 하나 실력이 크게 떨어지는 것은 아닙니다. 그런 아이들이 미처 신호를 보낼 여유도 없이 목숨을 잃었다는 것은 적의 실력이 그만큼 뛰어다다는 것이겠지요. 이대로 가다간 의미 없는 희생만 늘어날 것 같습니다. 당장 불러들여야 합니다, 부곡주님."

일살의 말에 간신히 흥분을 진정시킨 장소혼이 여전히 고개를 조아리고 있는 주방에게 말했다.

"일살 말대로 하여라. 당장 곡 안으로 불러들여."

"알겠습니다."

명을 받은 주방이 황급히 물러나자 회의실에 잠시나마

침묵이 맴돌았다.

　음부곡을 상대로 당당히 복수를 선언했을 때부터 예상은 했지만 생각보다 상대의 실력이 만만치 않음에 조금은 놀란 듯싶었다.

　"적의 숫자가 얼마나 된다고 했지?"

　곽뢰가 물었다.

　"확인된 인원은 다섯입니다만 그들이 전부인지는 정확하지 않습니다."

　"다섯이라면 둘 중에 하나군."

　좌중의 시선이 일제히 그에게 쏠렸다.

　"정말 뛰어난 실력을 지니고 있거나 아니면 미쳤거나."

　엽표가 고개를 저었다.

　"답은 이미 나와 있는 것 같은데?"

　"그러게."

　곽뢰가 피식 웃으며 고개를 끄덕였다.

　"그렇지만 달라지는 것은 없겠지. 설사 무황이 온다고 해도 이곳은 그저 사지(死地)일 뿐이니까."

　"그래도 혹시 모르니 철저하게 준비를 하게. 우선 천변만화오행진(千變萬化五行陣)을 통과할 수 있는지 확인하는 것이 좋겠군."

장소혼의 말에 모광이 어이없다는 듯 되물었다.

"그깟 놈들을 상대로 천변만화오행진을 사용할 필요까지 있겠습니까? 그거 한 번 발동하고 나면 다시 설치하기까지 꽤나 오랜 시간이 걸리는 것으로 아는데요."

"어차피 쓰라고 만든 것이네. 괜시리 아이들의 피를 흘리게 할 필요도 없고."

"만약 놈들이 무사히 천변만화오행진을 통과한다면 어찌 되는 것입니까?"

엽표의 물음에 잠시 멈칫하던 장소혼이 피식 웃으며 대답했다.

"어쩌긴, 자네들이 나서서 황천으로 보내 버리면 되는 것이지."

진담과 농담이 섞인 대답에 장로들의 입가에 자부심 가득 찬 미소가 지어졌다.

그 웃음을 본 장소혼은 음부곡에 대한 갑작스런 도전과 수하 몇의 죽음으로 인해 잠시 당황했던 자신의 행동이 부끄러웠다.

"그래, 여긴 음부곡이지. 천하의 그 누구도 넘볼 수 없는 죽음의 성전."

나직이 읊조리는 장소혼의 얼굴에도 장로들처럼 자신감과 자부심이 어우러진 미소가 번져갔다.

"철수를 한 모양인데."

마지막 충돌이 있은 후, 제법 시간이 흘렀음에도 살수들의 흔적이 없자 곽종의 입가에 비릿한 미소가 걸렸다.

"아무리 은밀히 제거를 했다 해도 지금까지 모른다면 문제가 있는 것이겠지. 전력을 분산시켜 소모하느니 한꺼번에 몰아치겠다는 심산일 수도 있고."

곽종이 유상의 분석에 고개를 끄덕이는 찰나 전풍이 멀리 보이는 절벽을 가리켰다.

"저깁니다."

"와! 이렇게 깊은 산중에 대단한 절경이네. 높기도 하고."

여우희가 우거진 숲을 뚫고 높이 솟구친 절벽을 바라보며 탄성을 내뱉었다.

"입구는 저깁니다."

일행의 시선이 전풍이 가리키는 곳으로 향했다.

절벽 좌측 아래, 소로가 이어진 곳에 사람 한두 명이 겨우 빠져나갈 수 잇을 정도로 좁은 틈이 보였다.

전풍이 처음 도착했을 때와는 달리 경계병은 없었다.

"경계병까지 철수시킨 모양입니다."

전풍의 말에 진유검은 별다른 대꾸 없이 절벽을 향해 걸음을 옮겼다.

행여나 적의 공격이 있을까 걱정한 일행이 주변을 신중히 살피며 뒤를 따랐다.

절벽의 틈은 꽤나 길게 이어졌다.

처음엔 한두 사람이 겨우 지나갈 정도로 좁았지만 십여 장이 지나자 공간은 점점 확대가 되었고 어느 순간, 눈부신 햇살과 함께 세상과 단절되어 왔던 분지가 모습을 드러냈다.

분지의 크기는 전풍의 예측한 대로 상당히 거대했다.

멀리 보이는 맞은편 절벽까지의 거리가 적어도 삼백여 장은 족히 되어 보였다.

분지 내부 또한 외부와 마찬가지로 울창한 수목이 우거져 있었는데 다만 곳곳에서 인간의 손길이 느껴진다는 것이 다른 점이었다.

"조금 의원데요. 솔직히 절벽을 지나오는 동안에 암습이 있을 것이라 예상했습니다."

유상의 말에 곽종이 맞장구를 쳤다.

"그러게 말이야. 놈들이 기관 장치를 해놓은 것은 아닌가 잔뜩 긴장했다. 폭약이라도 설치해서 터뜨리면 그대로 가는 거잖아."

전풍은 손가락으로 목덜미를 긋는 곽종의 행동을 보며

한심하다는 듯 혀를 찼다.

"한참을 살펴봤지만 이 분지를 출입할 수 있는 방법은 우리가 방금 걸어온 그 길뿐이오. 놈들이 스스로 절벽을 무너뜨릴 이유가 전혀 없소. 물론 절벽을 오르내릴 각오를 한다면 얘기는 달라지겠지만 솔직히 말해 어느 누구라도 그런 미친짓을 하고 싶은 생각은 없을 거요."

아닌게 아니라 깎아지른 듯 높기도 했고 삐죽삐죽 튀어나온 날카로운 암석은 보는 이로 하여금 기가 질리게 만들었다.

일행의 대화를 가볍게 흘려들으며 묵묵히 전진하던 진유검의 눈빛이 반짝거렸다.

적이 모습을 드러낸 것은 아니었다.

암습도 없었고 기관매복이 있는 것도 아니었다. 그런데 묘하게 불쾌한 기운이 전신을 휘감았다.

"조심하는 게 좋을 것 같다."

일행에게 경고를 한 진유검이 자신도 모르게 고개를 갸웃거렸다.

지금 자신의 감각을 자극하는 기운을 언젠가 경험해 본 것 같다는 느낌 때문이었다.

"적이 숨어 있는 것인가요?"

여우희가 잔뜩 긴장된 표정으로 물었다.

여인으로서 누구보다 예민한 감각을 지닌 여우희는 이미 본능적으로 위험을 느끼고 있었다.

"아니요. 적은 없습니다. 다만……."

무엇을 본 것인지 자신이 느낀 기운에 대해 설명을 하려던 진유검이 갑자기 입을 다물었다.

날카로운 눈빛이 사방을 직시하던 진유검의 양쪽 입꼬리가 가만히 치켜 올라갔다.

"이것을 여기서 볼 줄은 몰랐네."

"뭡니까? 뭐를 본 건데요?"

뒤쪽에 있던 전풍이 득달같이 달려와 물었다.

그때 날카로운 파공성과 함께 돌멩이 하나가 날아들었다.

일행을 노린 것도 아니고 그다지 위협적이라 할 수 없었기에 아무런 반응도 하지 않았다.

일행의 머리 위로 날아간 돌멩이가 노린 것은 후미 쪽에 있던 돌탑이었다.

돌멩이는 정확하게 돌탑의 중간 부위를 때렸고 두 자 정도 높이의 돌탑은 그대로 무너져 내렸다.

순간, 지진이라도 난 듯 은은한 진동과 함께 주변의 풍광이 급격히 변하기 시작했다.

"이, 이게 뭐야! 지, 지진이라도 난 건가?"

곽종이 당황한 말투로 외쳤다.

"움직이지 마. 이건 진법이다. 어떤 진인지, 어떤 원리로 만들어진 것인지 파악도 하지 못하고 움직였다간 큰 낭패를 보게 돼."

유상이 곽종의 팔을 낚아채며 소리쳤다.

"어떤 진인지 알겠어?"

여우희가 파랗게 질린 얼굴로 물었다.

진법에 대해선 문외한이나 다름없는 그녀는 갑작스럽게 변한 주변 환경에 무척이나 당황하고 있었다.

곽종이나 여우희보다야 나았지만 그래도 공부가 깊지 않았던 유상이 낭패한 얼굴로 고개를 흔들었다.

"모르겠소. 내가 알고 있는 진법은 몇 개 되지 않소. 그것도 간단한 것들로만."

"젠장! 그러면서 아는 체는."

곽종이 톡 쏘아붙였다.

"그래도 최소한 지진이 아니라는 건 알잖아."

유상도 지지 않고 소리쳤다.

"주군은 아십니까?"

전풍이 진유검에게 물었다.

"환상미리진(幻想迷離陣) 같은데. 이름은 다르겠지만 원리는 거의 같을걸."

순간, 전풍의 얼굴이 하얗게 질렸다.

"화, 환상미리진이라면 무, 무영도에서 그……."

"그래. 그러니까 바싹 긴장해야 할 거다."

"빌… 어먹을!"

진유검의 경고에 전풍은 물론이고 나머지 일행의 얼굴도 심각하게 굳어갔다.

세상천지 두려울 것이 없다는 듯 행동하던 전풍이 그토록 놀라는 것을 보면 지금 자신들이 갇힌 진법이 얼마나 무서운 것인지 조금은 짐작을 할 수 있었다.

"돌탑이 진의 발동을 막고 있었던 것이군."

진유검이 돌탑이 있던 곳을 응시하며 말했다. 무너진 돌탑은 어느새 사라지고 없었다.

"어, 얼마나 걸리겠습니까?"

전풍이 떨리는 목소리로 물었다.

"글쎄, 일단 부딪쳐 봐야 알겠는데."

두려움에 사로잡힌 전풍과는 달리 진유검은 여유롭기만 했다.

그런 진유검을 보며 일행은 비로소 안도의 한숨을 내쉬었다.

"그래도 령주님께서 진법을 파훼하실 수 있는 것 같아서 다행입니다."

유상의 말에 곽종이 격하게 고개를 끄덕였다.

"그러게. 딴 건 몰라도 이런 건 정말 질색인지라……."

"모르는 소리는 하지도 마쇼!"

전풍이 버럭 소리를 질렀다.

"몰라? 뭘를?"

놀란 곽종이 다급히 묻자 전풍이 느긋하게 발걸음을 내딛는 진유검을 잡아먹을 듯 노려보며 말했다.

"진법을 알고 있다는 것과 그것을 파훼할 수 있다는 것은 완전 별개요."

"그, 그게 별갠가?"

곽종이 고개를 갸웃거렸다.

"다른 사람은 몰라도 주군은 분명 그렇소."

"하지만 방금 얼마나 걸리겠냐고……."

말이 끝나기도 전, 거대한 진동과 함께 땅거죽이 마구 흔들리기 시작했다.

"미치겠네! 시작됐소. 질문 같은 건 나중에 하고 일단 버티고 봅시다. 주군의 말대로 이 빌어먹을 진법이 환상미리진과 비슷한 것이라면 죽을힘을 다해서 버텨야……."

곽종은 전풍의 말을 끝까지 듣지 못했다.

땅바닥에서 솟구친 흙기둥이 그와 전풍 사이를 갈라놓았기 때문이었다.

다급히 돌아보니 여우희와 유상 또한 온데간데없었다.

풍경 또한 조금 전과는 전혀 달라져 있었다.

땅에서 뿜어져 나온 불길이 수풀과 나무를 집어삼켰고 하늘에선 어린아이 머리만 한 불덩이가 무차별적으로 떨어져 내렸다.

"이, 이게 뭐야?"

대답은 어느 곳에서도 들려오지 않았다.

"대체 이게 뭐냐고!"

대답을 대신해 날아든 불덩이를 쳐내는 곽종의 얼굴은 처절함 그 자체였다.

"끝났군."

진유검 일행이 진법에 갇힌 직후, 멀리서 진을 발동시킨 오살이 약간은 허탈한 표정을 지으며 나타났다.

"생각보다 너무 쉬운데."

오살과 어깨를 나란히 하고 나타난 칠살도 그다지 밝은 얼굴은 아니었다.

복수 운운하며 도전장을 내민 상대의 명줄을 직접 끊어버리지 못한 것을 무척이나 아쉬워하는 눈치였다.

"할 수 없잖아. 천변만화오행진의 원리와 허실을 제대로 간파하지 못하는 이상 하늘이 두 쪽 나도 벗어날 수 없으니까. 그러니 너무 아쉬워하지 말라고. 아니면 직접 지휘를 하던가."

오살이 뒤쪽에서 대기하고 있는 천살대를 힐끗 바라보며 말했다.

"됐어. 천살대주가 있는데 내가 뭣하러. 그리고 진에 빠져 헤매고 있는 놈들을 상대해 봐야 흥도 나지 않고."

칠살은 만사가 귀찮은 얼굴로 손을 내저었다.

"그런데 굳이 천살대까지 투입을 해야 하나? 천변만화오행진이면 충분한 거 아냐?"

"그렇긴 하지만 명이었으니 따라야지. 천살대주."

오살의 부름에 천살대주 고혁(高爀)이 재빨리 달려왔다.

"예, 선배님."

"준비는 되었지? 겉으로 보기엔 평온해도 무시무시한 진법이다. 어설프게 생각하고 들어갔다간 그대로 사망이야."

"그래서 경험이 많고 천변만화오행진을 제대로 파악하고 있는 아이들만 간추렸습니다."

"인원은?"

"열다섯입니다."

"일인당 세 명이군."

고개를 끄덕인 오살이 고혁 뒤에 시립하고 있는 천살대원들을 보며 말했다.

"생로(生路)만 정확하게 파악하고 있다면 놈들을 처리하는데 문제는 없을 것이다. 어쩌면 손을 쓰기도 전에 이미 숨통이 끊어져 있을 수도 있고. 그래도 혹시 모르는 일이니 주의 하도록 하라."

"명심하겠습니다."

오살이 천살대원들의 대답을 들으며 다시 물었다.

"천살대주도 가나?"

"예, 제가 직접 이끌 생각입니다."

"굳이 무리할 필요는 없을 것 같지만 상관은 없겠지. 잘 처리해봐."

오살이 고혁의 어깨를 두드리며 격려를 했다.

"감사합니다."

오살에게 예를 표한 고혁이 몸을 돌렸다.

"투입!"

"헉! 헉!"

유상의 입에서 거친 숨이 흘러나왔다.

어떤 상황에서도 품위를 잃지 않고 적을 상대하던 그였으나 지금은 품위 따위를 생각할 겨를이 없었다.

우레 소리와 함께 일행과 떨어졌고 난생처음 보는 적들과 마주하게 되었다.

호랑이의 형상을 하고 있으나 이마에 뿔이 솟았으니 호랑이가 아니고, 혀를 날름거리는 모양새가 틀림없이 뱀이었으나 머리가 셋 달린 뱀은 지금까지 들어본 적이 없었다.

원숭이 얼굴을 한 거대한 새가 날카로운 돌멩이를 던져댔고 집채만 한 거미가 연신 독액을 뿜어댔다.

처음엔 그 모든 것이 환상이라 생각했다.

적이 설치한 진법에 갇히는 바람에 나타나는 환상과 착시현상이라고.

그러나 호랑이 형상을 한 괴물의 날카로운 발톱에 왼쪽 옆구리가 찢겨 나가며 생각을 달리할 수밖에 없었다.

상처와 고통은 거짓말을 하지 않는다.

눈앞에 나타난 괴물들은 환상이 아니라 현실이었다.

상황을 직시한 유상은 목숨을 부지하기 위해 일신에 지닌 모든 절기를 쏟아냈다.

하지만 시간이 흐를수록 유상의 몰골은 형편없이 망가져 갔다.

전신의 상처 또한 부지기수로 늘어났다.

절망적인 것은 그럼에도 상황이 나아질 기미가 보이지

않는다는 것.

괴물들은 없애면 없앨수록 그 수가 늘어났고 언제부터인지 갑작스레 공간이 갈라지며 살기 가득한 검까지 날아들었다.

그것이 음부곡 살수들의 공격이라는 것을 직감했지만 딱히 공격할 방법이 없었다. 간신히 피하거나 막아내는 것이 전부였다.

유상은 그래도 희망의 끈을 버리지 않았다.

이처럼 지독한 진법에 갇혔음에도 좀처럼 여유를 잃지 않았던, 그 능력의 끝이 가늠조차 되지 않는 진유검을 굳게 믿고 있었기 때문이었다.

문제는 진유검이 자신을 구해줄 수 있을 때까지 버틸 수 있느냐는 것이었다.

유상이 괴물들과 치열한 격전을 벌이는 동안 흩어진 일행들 역시 비슷한 상황에 놓여 있었다.

곽종은 쉴 새 없이 몰아치는 불덩이 속에서 화염을 내뿜는 괴조(怪鳥)와 전설 속에서나 들어보았던 화룡(火龍)과 격전을 펼치고 있었고 여우희는 지옥에서 출현한 악귀들과 끝이 나지 않는 싸움을 이어갔다.

세 사람에 비해 무공이 떨어지는 전풍은 과거 무영도에서 진유검과 함께 환상미리진을 경험했다가 죽음보다 더한 고통을 겪었기 때문인지 나름 대처를 잘하고 있었다.

다만 생로를 통해 접근한 음부곡 살수들의 공격만큼은 그로서도 속수무책이었다.

반격은커녕 겨우겨우 피하는 것만으로도 벅찰 지경이었다.

천변만화오행진에 갇힌 일행이 진법이 만들어낸 환상에 사로잡혀 죽을 고생을 하고 있을 때 진유검이라고 무사한 것은 아니었다.

그에게도 온갖 기괴한 것이 나타나 공격을 퍼부었고 끔찍한 자연재해가 덮쳤다.

그러나 그 어떤 공격이나 고난도 그를 곤란케 하지는 못했다.

공격해 오는 적이 있으면 제거를 했고 앞을 가로막는 장애물이 있으면 철저하게 파괴했다.

과거 무명초자가 남긴 세 권의 책자를 수백 년 동안 연구하던 의협진가의 선조들은 무공뿐만아니라 온갖 잡학까지 다방면에 걸쳐서 엄청난 성취를 이뤄냈다.

기관진식에 대한 것도 그중 하나였고 방대한 책자로 후대에 그 성과를 남겼지만 선조들이 가장 공들였던 무공의 완성을 눈앞에 두었던 진유검은 다른 공부에 대해 신경 쓸 겨를이 없었다.

그렇다고 아예 신경을 끈 것은 아니었다.

무공을 완성시켜가는 과정에서 틈틈이 공부를 하며 나름의 식견을 키웠는데 기관진식 같은 경우에도 작은할아버지가 무영도 한편에 설치한 환상미리진을 비롯하여 수많은 진식을 직접 경험해 보면서 그 효용성과 위험성을 체험했다.

그 과정에서 엄하게 끌려다닌 전풍은 죽을 만큼 고생을 했지만.

바로 그때 확인했다.

제아무리 강력한 절진이라도 그 이상의 힘으로 부딪치면 무너질 수밖에 없다는 것을.

우지끈.

나무 형상을 하고 날뛰던 괴물이 진유검의 발아래 처참하게 짓눌렸다.

진유검이 천근추의 수법으로 괴물의 몸통을 땅속 깊숙이 처박아버릴 때 뒤쪽 공간이 조용히 열리며 시퍼렇게 날이 선 검이 뒤통수를 노렸다.

진유검은 뒤도 돌아보지 않고 손을 뻗었다.

단숨에 살수의 팔을 낚아챈 진유검은 믿어지지 않는다는 표정으로 끌려온 살수를 지그시 노려보며 말했다.

"살수들까지 동원되었나?"

대답은 없었다.

공포에 질린 살수를 자신을 향해 달려드는 괴수에게 집어 던진 진유검이 검을 곧추세웠다.

천변만화오행진이 일으킨 환상에 시달리는 것도 부족해 살수들까지 투입이 되었다면 자신은 몰라도 다른 이들은 오래 버티기 힘들다.

이제 끝내야 될 순간이 되었다고 여긴 진유검이 전력을 다해 검을 휘두르기 시작했다.

단섬으로 시작해 폭뢰(暴雷), 멸절(滅絶), 붕천(崩天)으로 이어지는 가공할 공격이 천변만화오행진을 뿌리째 뒤흔들기 시작했다.

"일각 정도 됐나?"

칠살의 나른한 음성에 오살이 고개를 끄덕였다.

"조금 지난 것 같은데."

"대체 뭣들 하는 거야? 진에 갇혀 허우적거리는 놈들을 아직까지 처리하지 못하고."

"글쎄, 그만큼 강한 상대라는 게 아닐까?"

오살이 조금은 불안한 눈빛으로 천변만화오행진을 살폈다.

보이는 것은 없었다.

안쪽엔 말 그대로 지옥도가 펼쳐져 있었지만 외부에선 짙은 안개로 인해 시야는 물론이고 모든 소음과 충격, 진동까지 완벽하게 차단되어 있었다.

곽종 등의 악에 받친 외침은 물론이고 하늘이 무너지고 땅이 뒤집힐 정도로 거대한 충돌이 끊임없이 이어지고 있음에도 외부에선 전혀 느낄 수가 없는 것이다.

"강하긴 개뿔이."

칠살이 차가운 비웃음과 함께 콧방귀를 켰다.

그 순간, 천변만화오행진의 발동으로 만들어진 안개가 갑자기 흔들렸다.

처음엔 미약하게 흩날리는 수준이더니 이내 격렬하게 흔들리며 흩어졌다 모이기를 반복했다.

지금껏 이와 같은 상황을 보지 못한 오살과 칠살이 굳은 표정으로 서로의 얼굴을 바라보았다.

"무… 슨 일이 벌어지고 있는 것이지?"

오살의 음성이 미미하게 떨리고 있었다.

"제길, 정확히는 모르겠지만 뭔가 벌어지고 있는 것은 틀림없는 것 같은데."

굳은 표정으로 대답한 칠살이 조금 뒤에 서 있던 천살대 부대주에게 손짓을 했다.

부대주 온조가 바쁘게 손을 움직여 후미에 대기하고 있

던 천살대원들을 사방에 배치했다.

오십이 넘는 인원이 눈 깜짝할 사이에 사라졌다.

"그럴 일은 없겠지만 만약에 놈들이……."

오살의 말은 갑작스레 들려온 굉음에 그대로 끊겼다.

꽝!

마치 코앞에서 진천뢰를 터뜨리는 듯한 굉음과 함께 지면이 크게 울렁이고 천변만화오행진을 에워싸고 있는 안개가 미친 듯이 흔들렸다.

"마, 말도 안 돼!"

오살이 경악에 찬 얼굴로 진동이 계속되는 땅바닥을 바라보았다.

도대체 얼마나 큰 충돌이 있기에 지면이 흔들린단 말인가.

무엇보다 천변만화오행진의 내부에서 일어난 충격이 외부까지 전해진다는 것은 상상조차 해본 적이 없다.

"크아악!"

외마디 비명과 함께 진 내부에서 한 사람이 튕겨 나왔다.

수하들을 이끌고 자신만만하게 천변만화오행진으로 진입한 천살대주 고혁이었다.

찢어질듯 부릅떠진 눈, 부러진 검, 마치 폭탄을 안고 자폭이라도 한듯 전신이 갈가리 찢긴 상태였다.

"대, 대체 이게……."

말이 끝나기도 전 또 한 번의 굉음이 들려왔다.

조금 전보다 더욱 강한 진동에 지진이라도 난 듯 바닥은 쩍쩍 갈라졌고 지면은 천변만화오행진을 감싸고 있던 안개도 순식간에 흩어졌다.

비록 다시 생성되기는 하였으나 이전과 비교에 확연히 엷어진 상태였다.

"봤나?"

천변만화오행지에 시선을 고정시킨 칠살이 천천히 검을 뽑으며 물었다.

"봤지. 놈은 웃고 있었다."

오살은 안개가 잠시 사라졌을 때 자신들을 바라보며 웃고 있는 진유검을 확인했다.

천변만화오행진에 갇힌 사람이라곤 전혀 상상도 할 수 없을 정도로 여유로운 모습에 두려움마저 일었다.

그 두려움을 증명이라도 하듯 하늘이 무너지는 듯한 뇌성벽력과 함께 천변만화오행진을 상징하는 안개가 흔적도 없이 사라졌다.

안개가 사라지고 잠시 시야를 가렸던 흙먼지가 가라앉으면서 주변의 상황이 똑똑히 드러났다.

천변만화오행진이 펼쳐진 공간은 사방 이십여 장. 그중

절반이 초토화되어 있었다.

무성했던 나무, 저마다의 형상을 하고 있던 암석은 물론이고 천변만화오행진을 완성하기 위해 인위적으로 설치한 구조물까지 완벽하게 사라지고 없었다.

"히, 힘으로 깨뜨렸단 말인가!"

오살의 입이 쩍 벌어졌다.

연거푸 굉음이 들려오고 안개가 흩어질 때부터 짐작은 했지만 우려했던 일이 막상 사실로 드러나자 오살과 칠살은 엄청난 충격을 받았다.

진의 원리를 알고 생로를 따라 움직여도 무사히 지나가기가 버거운 천변만화오행진이, 대자연의 힘이 깃든 절대의 진이 고작 인간의 힘에 의해 처참하게 무너진 것이다.

오살과 칠살처럼 천변만화오행진 내부에 갇혀 있던 이들 역시 갑작스런 상황 변화에 놀라고 있었다.

자신들을 그토록 괴롭혔던 온갖 환상이 신기루처럼 사라지고 코앞에 살수들의 모습이 보이자 곧바로 손을 써 살수들을 제압했다.

천변만화오행진의 도움을 받을 때라면 모를까 노출이 된 상황에서 천강십이좌의 손속을 피할 가능성은 없었다.

곳곳에서 단말마의 비명이 터졌다.

천변만화오행진이 불러일으킨 환상에 시달릴 대로 시달

린 그들의 손속은 무시무시했다.

특히 여우희를 공격했던 살수들은 시신조차 찾기 힘들 정도로 처참하게 목숨을 잃고 말았다.

"제길, 좀 빨리 박살 내며 안 됩니까?"

자신을 노렸던 살수를 자근자근 밟아준 전풍이 잔뜩 화가 난 얼굴로 달려왔다.

"비슷하긴 한데 환상미리진보다 위력이 강했다. 아무래도 규모 차인 것 같은데 네가 이해하라."

전풍의 꼴이 말이 아니라 그런지 진유검의 말투가 평소와는 다르게 부드러웠다.

"서, 설마 이걸 힘으로 뚫은 겁니까?"

유상이 완전히 짓뭉개진 주변을 둘러보며 물었다.

"그런 셈이지."

"어, 어떻게 이게 가능하죠?"

유상은 도저히 믿어지지 않는다는 얼굴로 진유검을 바라보았다.

"뭔 헛소리야! 가능하니까 우리가 이렇게 멀쩡한 거지."

온몸을 크고 작은 상처로 도배를 한 곽종이 오살과 칠살을 힐끗 노려보며 소리쳤다.

"모르면 가만이나 있어. 진법이라는 게 그렇게 만만한 게 아니야. 더구나 이렇듯 무서운 절진은 인간의 힘으론 결코 부술 수 없는 거라고. 진법의 원리와 허실을 정확하게 꿰뚫어 봐야 그나마 파훼가 가능해. 더 간단히 말해줄까? 우리를 가뒀던 진법을 힘으로 무너뜨릴 수 있는 확률은 지금 네 발밑을 기어가고 있는 개미가 호랑이를 물어죽일 확률보다 적은 거라고!"

유상이 침을 튀기며 소리치자 그제야 상황을 이해한 곽종이 마른침을 꿀꺽 삼키며 말했다.

"그, 그 정도인 거냐?"

"그래! 도대체 그 머리로 어떻게 무공은 익힌 거냐? 대력신권 어르신이 너를 제자로 삼으신 이유를 모르겠다."

평소와 달리 잔뜩 흥분한 유상의 말에 곽종은 별다른 대꾸를 하지 못하고 뒷머리만 북북 긁었다.

그런 곽종의 모습에 진유검이 가볍게 미소 짓자 그렇잖아도 심통이 잔뜩 나 있던 전풍은 배알이 뒤틀렸다.

"그 개미가 보통 개미가 아니라 독이 잔뜩 오른 독개미라면 어떻소? 혹시 아오? 그 독에 호랑이가 한 방에 갈지."

자신을 독개미라 폄하하는 전풍의 모습에 쓴웃음을 지은 진유검이 조용히 읊조렸다.

"조금 더 시간을 끌 걸 그랬어."

"확실한 것이냐?"

재차 확인하는 장소흔의 얼굴은 치미는 분노를 이기지 못해 참담하게 일그러져 있었다.

"그렇습니다."

힘없이 고개를 떨구는 전령의 모습을 확인한 일살이 벌떡 일어났다.

"제가 가겠습니다."

나머지 십대살수 또한 모조리 자리에서 일어났다.

곡주를 따라나선 육살과 구살, 진유검 일행을 상대하기 위해 먼저 움직인 오살과 칠살을 제외하고 여섯 명에 불과했지만 그들이야말로 천하제일 살수를 놓고 선의의(?) 경쟁을 하는 이들이었다.

"함부로 나서지 말고 도원(桃園)에서 십면매복멸살진(十面埋伏滅殺陣)을 펼쳐라."

일살의 몸이 움찔했다.

일살이 확인을 하기 위해 몸을 돌리자 장소흔이 굳은 얼굴로 말을 이었다.

"오살과 칠살, 천살대가 놈들을 막고 있다고는 해도 얼마 버티지 못할 것이다. 지금 그들을 돕기 위해 달려간다고 해도 늦어."

"하지만……."

"천변만화오행진이 힘으로 뚫렸다고 했다. 그만한 고수들이라면 정면으론 상대가 되지 않는다. 개죽음만 당할 뿐이야. 하지만 도원에 설치된 기관진식을 이용한다면 충분히 가능성이 있다. 지살대와 함께 십면매복멸살진을 준비해라. 명령이다."

"존명!"

일단 명을 받기는 했지만 일살은 그다지 내켜하지 않는 얼굴이었다.

일살과 나머지 십대살수가 자리를 떠나자 곽뢰가 무거운 표정으로 입을 열었다.

"설마하니 놈들이 천변만화오행진을 뚫어낼 줄은 생각도 못했습니다."

곡주를 도와 천변만화오행진을 설치한 엽표가 딱딱히 굳은 얼굴로 고개를 내저었다.

"진법에 능한 자가 있다면 뚫을 수는 있네. 문제는 단순히 뚫어낸 것이 아니라 아예 힘으로 뭉개 버렸다는 것이야. 그것이 과연 인간의 힘으로 가능한 일인지 도저히 이해가 되지 않는군."

"그런데 십면매복멸살진으로 가능하겠습니까? 천변만화오행진을 무너뜨린 놈들입니다."

망초가 부곡주에게 물었다.

"막는다고 하더라도 엄청난 피해를 감수해야 하겠지. 일살 등이 제법 뛰어나기는 해도 아직은 많이 부족하니 말일세."

"훗날을 위해서라도 전력을 보존해야 하지 않겠습니까?"

"무슨 뜻인가? 자네들이 나서겠다는 말인가?"

"예."

사대장로가 동시에 고개를 끄덕였다.

"하지만 그리되면 우리의 무공이 노출될 가능성이……."

장소혼이 망설이는 듯하자 엽표가 결단을 촉구했다.

"지금 그게 문제가 아닙니다. 음부곡의 존망이 걸린 일입니다. 한 놈도 살려 보내지 않으면 크게 문제될 것도 없습니다."

"눈은 놈들만 달고 있는 것이 아닐세. 밑에 아이들은 눈치채지 못할지 모르나 십대살수라면 틀림없이 의심을 할 것이야."

"어차피 우리가 가르치고 거둔 아이들입니다. 이제 충분히 준비도 되었고요. 조금 이르다고 해도 크게 문제될 것은 없다고 봅니다."

"음."

곽뢰까지 나서서 엽표의 말에 동조를 하자 장소혼도 무작정 거부할 수는 없었다. 무엇보다 음부곡의 위기에 빠진 상황이 아니던가.

"음부곡을 위해서라도 어쩔 수 없는 일이군. 알았네. 책임은 내가 지기로 하겠네."

"감사합니다, 부곡주님."

장소흔을 향해 사대장로가 동시에 머리를 숙였다.

25장

드러난 의문(疑問)

휘이익!

날카로운 휘파람 소리에 허공에서 빙빙 돌던 새 한 마리가 넓게 호선을 그리며 하강했다.

"너희들 말이 맞았다. 청비로구나."

천하제일 살수문파이자 죽음의 대명사와도 같은 음부곡의 곡주가 팔뚝에 앉아 파닥거리는 새의 머리를 가만히 쓰다듬었다.

주인의 손길에 기분이 좋은지 청비가 그의 손등에 부리를 비벼댔다.

"흠, 곡이 코앞인데 어째서 청비를 보낸 것이지?"

청비의 다리에 묶인 전서를 발견한 곡주의 얼굴이 살짝 굳어졌다.

사내가 전서를 펼쳤다.

전서에 쓰여진 글귀는 간단명료했다.

침입자(侵入者), 위급(危急)

"무슨 일이신지요?"

곡주를 따르는 두 여인, 육살과 구살이 경악에 찬 곡주의 표정에 화급히 물었다.

"곡이… 공격을 받고 있다."

"불가능한 일입니다."

강하게 고개를 흔든 육살과 구살은 곡주가 건네는 전서를 받아 읽더니 파르르 떨었다.

"침입자는 그렇다 쳐도 위급이라니!"

곡주의 전신에서 북풍한설보다 더욱 사납고 매서운 한기가 몰아쳤다.

청비를 이용하여 연락을 취할 수 있는 사람은 오직 부곡주뿐이었고 그가 별다른 설명도 없이 그저 위급이란 단어를 보내왔다면 상황이 정말로 심각하다는 것을 의미했다.

"곡까지 얼마나 걸리지?"

"서두른다면 반 시진 이내에 도착할 수 있습니다. 하지만 저 아이들은 무리입니다."

육살이 뒤쪽에 대기하고 있는 호위대를 가리키며 말했다.

"어쩔 수 없지. 우리가 먼저 간다. 최대한 빨리 따라붙으라고 해."

"알겠습니다."

구살이 황급히 물러나 호위대에게 명을 전할 때 곡주는 이미 음부곡을 향해 내달리고 있었다.

"어떤 놈들인지 절대 용서 못한다. 절대로!"

몸에서 뿜어 나오는 살기가 어찌나 강한지 그가 지나가는 곳의 수풀이 생기를 잃고 시들어버릴 정도였다.

＊　　　＊　　　＊

"잠시 대기하는 게 좋겠군."

진유검의 말에 앞서 가던 일행이 걸음을 멈췄다.

천변만화오행진의 환상에 시달리고 짧지만 격렬한 전투를 치른 일행은 피곤한 기색이 역력했다.

특히 일개 살수라 여길 수 없을 정도로 뛰어난 실력을 자랑한 오살과 칠살을 상대한 곽종과 유상은 더욱 그랬다.

숨통을 끊는 데 성공을 하였으나 그들이 목숨을 버리면서 펼친 최후의 비기에 부상을 당하고 말았다.

고작 살수 따위에게 부상을 당했다는 것이 치욕스러웠던지 곽종과 유상은 굳게 입을 다물고 있었다.

"아름다운 곳이네요."

여우희가 도화가 만발한 도화원(桃花園)을 보며 탄성을 내뱉었다.

자신들이 서 있는 위치가 음부곡의 본거지였고 방금 전보다 더욱 치열한 싸움이 기다리고 있는 상황이기는 했으나 환상적으로 피어 있는 도화의 아름다움은 그 모든 상황을 잠시나마 잊게 만들 정도였다.

"이런 무릉도원(武陵桃源)을 고작 살수 따위가 차지하고 있었으니."

도화원의 아름다움에 놀란 곽종은 그렇잖아도 마음에 들지 않던 음부곡에 대한 반감이 더욱 커졌다.

"아름답기만 한 것은 아니지."

차분히 도화원을 살피던 유상의 눈빛이 차갑게 빛났다.

"매복이라도 있는 거요?"

전풍의 물음에 유상이 굳은 얼굴로 대답했다.

"매복만 있는 것도 아닌 것 같다."

"뭐야? 그러면 조금 전처럼 진법이……."

천변만화오행진에 꽤나 고생을 했는지 곽종의 낯빛이 파랗게 질렸다.

유상에 앞서 진유검이 대답했다.

"그건 아니지만 살기가 보통 짙은 게 아니야. 생각보다 위험해 보이는군. 다들 이곳에서 기다리는 것이 좋겠어."

평소라면, 만약 천변만화오행진에서 그 고생을 하지 않았다면 곽종과 유상 등은 진유검의 말에 반발했을 것이다. 하지만 지금은 아니었다.

"괜찮으시겠어요?"

여우희가 걱정스런 얼굴로 물었다.

가벼운 웃음으로 여우희의 걱정을 일축한 진유검이 일행을 뒤로하고 홀로 도화원으로 걸어들어갔다.

진유검이 도화원에 들어서자마자 기다렸다는 듯 사방에서 폭음이 들려왔다.

"연무탄?"

곽종이 도화원을 휘감는 회색빛 연기를 바라보며 이마를 찌푸렸다.

"단순히 연무탄 같지는 않다. 혹시 모르니 다들 조심해."

유상이 입과 코를 틀어막으며 경고했다.

살수들이 터뜨린 연무탄에는 두 가지 목적이 있었다.

하나는 진유검의 시야를 가려 도화원 곳곳에 숨겨진 기관을 감추려 함이었고 다른 하나는 연무에 속해 있는 독을 이용해 그를 무력화시키려는 의도였다.

그러나 두 가지 모두 필연적으로 실패를 할 수밖에 없었다.

진유검 정도의 고수라면 굳이 눈에 의지하지 않더라도 주변에서 일어나는 모든 상황을 낱낱이 파악할 수 있었다.

또한 무공의 완성을 보던 날 만독불침(萬毒不侵)의 경지에 이르렀기에 연무에 포함된 독 따위는 아무런 의미가 없었는데 설사 만독불침이 아니더라도 그에겐 어지간한 독 따위는 간단히 몰아낼 수 있는 능력이 있었다.

그런 이유 때문인지 진유검은 연무탄이 터졌음에도 전혀 당황하지 않았다.

오히려 상대의 의도를 다 받아주겠다는 듯 연무가 도화원에 가득 찰 때까지 전혀 움직이지 않았다.

쐐액!

날카로운 파공성이 귓가를 파고들었다.

파공성이 들리기도 전, 전신의 감각이 암기의 존재를 눈치챘고 몸은 이미 움직이고 있었다.

진유검이 움직이고 난 자리에 거대한 화살이 내리꽂혔다.

그 힘이 어찌나 강력한지 화살이 박힌 곳은 물론이고 주변의 땅까지 움푹 파일 정도였다.

진유검은 자신을 노린 화살이 사람이 사용하는 것이 아니라 공성전에 사용되는 상자노(床子弩)라는 것을 확인하곤 쓴웃음을 지었다.

설마하니 인간을 상대로 그런 무식한 화살을 날릴 줄은 생각도 못한 것이다.

상자노를 시작으로 본격적인 공격이 시작되었다.

거대한 상자노로부터 한 번에 수십, 수백 발까지 날릴 수 있는 연노, 팔뚝 정도의 쇠뇌까지 온갖 종류의 화살이 날아들었다.

"환영 인사치고는 너무 거한데."

천하의 진유검도 온갖 방향에서 비처럼 쏟아지는 화살세례에 조금 질린 듯한 얼굴이었다.

그렇다고 걱정하거나 두려워하는 표정은 절대 아니다.

엄청난 파괴력을 자랑하는 상자노를 제외하곤 거의 모든 화살이 호신강기만으로도 능히 감당할 수 있기 때문이었다.

정작 그를 곤란케 한 것은 따로 있었다.

도화원 전체에 구덩이를 판 듯 발을 내딛는 곳마다 땅이 푹푹 꺼졌다.

단순히 땅이 꺼지는 것에 그치는 것이 아니라 땅이 꺼짐과 동시에 바닥에서 맹독을 바른 창이 솟구치기도 했고 단검이 날아오기도 했으며 폭발이 일어나기도 했다.

심지어 그 공간에 숨어 있던 살수가 벼락같이 나타나 같이 죽자는 식으로 달려들기도 했다. 물론 단 한 명도 성공한 이는 없었지만.

끊임없이 이어지던 화살 공격이 다소 무뎌진다고 여겨질 즈음 도화원 곳곳에 은신하고 있던 지살대의 암습이 시작되었다.

연무로 인해 가려진 시야, 만발한 도화, 다소 숫자가 줄기는 했어도 여전히 날아들고 있는 화살은 암습을 하기에 더할 나위 없이 좋은 조건이었다.

더구나 죽음을 도외시하고 달려드는 지살대의 투지는 그저 지켜보는 것만으로 숨이 턱턱 막힐 정도로 집요했다.

지살대를 지원하기 위해 모습을 드러낸 여섯 명의 십대 살수의 활약도 눈부셨다.

그들은 명성 그대로 대단한 살예를 보여줬는데 일살은 흩날리는 도화잎을 암기로 뿌리며 당가의 암기술을 우습게 만들었고, 이살은 진유검도 탄성을 터뜨릴 만큼 놀라운 지둔술을 이용하여 그의 행보를 더디게 만들었다.

형제인 삼살과 사살의 합격술은 천하에서 가장 뛰어나다

는 무당의 양의합벽검진(兩儀合壁劍陳)을 능가할 정도로 완벽했으며 오로지 화살로써 진유검의 숨통을 노린 십살의 궁술은 상자노에 버금가는 엄청난 정확도와 파괴력을 자랑했다.

십대살수 중 팔살만이 유일하게 진유검을 공격하다 목숨을 잃었는데 자신의 몸을 무기 삼아 동귀어진을 하려는 그의 의도를 눈치챈 진유검이 단섬을 사용해 은밀히 접근하던 팔사의 숨통을 끊어버린 것이다.

십대살수의 수장인 일살은 비록 지금까지는 뚜렷한 성과를 거두지는 못했고 팔살을 비롯해 적지 않은 지살대원들이 목숨을 잃었지만 조금만 더 힘을 낸다면 진유검을 잡을 수 있다고 판단했다.

하지만 그것이 얼마나 큰 착각인지 그는 몰랐다.

지금껏 그들이 무사할 수 있었던 것은 도화원에 설치된 온갖 함정과 몸을 아끼지 않는 지살대의 공격, 그리고 생각밖으로 발군의 실력을 보여준 십대살수의 활약 때문이기도 했지만 무엇보다 진유검이 본격적으로 손을 쓰지 않았기 때문이었다.

진유검이 제대로 실력을 보여준 것은 동귀어진을 하려는 팔살을 단섬으로 격살할 때 딱 한 번뿐.

만약 그가 작심을 하고 손을 쓴다면 과연 어떤 결과가 나

올지 일살은 감히 상상조차 하지 못했다.

"살벌하군. 령주님께서 대기하라는 이유를 알겠어."

도화원을 향해 이목을 곤추세우고 있던 유상은 안에서 벌어지고 있는 상황을 훤히 꿰고 있었다.

천변만화오행진이 펼쳐졌을 때처럼 짙은 연무가 도화원을 에워싸고 있었지만 빛은 물론이고 소리와 진동마저 완벽하게 차단당했던 그때와는 차원이 달랐다.

"저놈들도 많이 당황했겠어. 설치된 함정의 규모를 보니 이건 어지간한 인원은 아예 떼 몰살을 시킬 정도로 대단한데 고작 한 명을 어찌하지 못하고 있으니 말이야."

곽종이 키득거리며 말했다.

바로 그때, 그들의 후미에서 분노로 가득 찬 음성이 들려왔다.

"그러게 말이다. 정말 많이 당황하고 있다."

난데없이 들려온 음성에 일행의 몸이 그대로 굳었다.

도화원의 상황을 지켜보느라 신경이 분산되었다고는 하나 적이 바로 지척에 접근할 때까지 아무도 눈치채지 못했다는 것은 정말 심각한 문제였다.

약속이라도 한듯 번개처럼 몸을 돌린 그들 앞에 부곡주를 필두로 사대장로가 모습을 드러냈다.

"누구냐?"

유상이 금방이라도 출수를 할 수 있도록 검을 잡은 손에 힘을 주며 물었다.

"그건 무의미한 질문이지."

엽표가 차갑게 대꾸했다.

"흥! 음부곡의 노물들이군."

전풍이 콧방귀를 뀌자 그렇잖아도 싸늘히 식은 공기가 더없이 차가워졌다.

"버르장머리 없는 놈이로구나. 네놈의 입은 노부가 친히 찢어주마."

모광이 찐득한 살소를 흘리며 전풍을 노려보았다.

모광의 눈빛과 마주한 전풍은 그제야 자신이 무슨 헛소리를 지껄였는지 정확하게 인지했다.

눈앞의 노인들, 음부곡의 노물이라 폄하했던 노인들의 실력은 그가 함부로 판단할 수준이 아니었다.

자신만하기가 하늘을 찌르는 곽종이, 어지간한 실력자에겐 눈길조차 주지 않는 여우희가, 누구보다 신중하고 냉철한 유상이 노인들의 출현에 어째서 그토록 긴장하고 있는지 비로소 느낄 수 있었다.

그래도 왠지 굽히고 들어가고 싶지 않았다.

절대적으로 믿고 있는 최후의 보루도 있었다. 여차하면 도망가면 그뿐이다.

"마음대로 해보든가. 누구 입이 찢어질지는 두고 보면 알겠지."

전풍의 비웃음에 모광의 안색이 싹 변했다.

더 이상 참을 수 없다는 듯 부곡주를 향해 고개를 돌렸다.

장소흔이 미미하게 고개를 끄덕였다.

순간, 폭발적으로 튕겨져 나온 모광이 전풍을 향해 손을 휘둘렀다.

'뭐, 뭐야? 이건.'

전풍의 눈이 경악으로 가득 찼다.

분명히 거리가 있었음에도 마치 엿가락 늘 듯 늘어난 손이 심장을 파고들었다.

손톱은 칼날을 박아놓은 듯 길고 날카로웠고 끝이 검게 변색된 것이 틀림없이 독도 묻혀 놓은 것 같았다.

모광이 공격을 하기도 전, 이미 뒤쪽으로 움직이고 있었음에도 간발의 차이로 위기를 넘긴 전풍은 상대의 실력을 제대로 파악할 수 있었다.

단언컨대 지금껏 상대한 적들 중 그보다 강한 사람은 없었다.

일전에 상대했던 천무진천의 그림자 부염도 강자였지만 모광에 비할 바가 아니었다.

정면으로 맞부딪친다면 십 초도 버티지 못하고 목이 달아나리라는 것을 직감했다.

이길 수 있는 방법은 오직 하나뿐.

문제는 백 보를 움직이기가 여의치 않다는 것에 있었다.

정면은 모광이 막고 있었고 주변엔 어떤 기관진식이 기다리고 있을 줄 몰랐다.

자칫 머뭇거리다 잡히기라도 하면 어떤 꼴을 당할지 몰랐다.

결국 움직일 수 있는 방향은 한 곳뿐이었다.

결정을 내린 전풍은 주저없이 몸을 돌렸다.

전풍이 몸을 돌리는 것을 본 유상 등은 그가 지금 무엇을 하려는지 눈치챘다.

전풍이 지닌 절대비기 백보운제.

'저들의 실력을 감안했을 때 방법은 그것뿐이겠지. 하지만 그쪽은…….'

유상은 전풍이 향하는 방향을 보며 걱정을 했다.

마치 호랑이를 피해 늑대 굴에 뛰어드는 모양새. 한데 호랑이는 그마저도 용납하지 못하겠다는 듯 곧바로 뒤를 추격했다.

전풍은 입술을 질끈 깨물며 도화원을 에워싸고 있는 연무를 뚫고 들어갔다.

큰 충격으로 인해 흩어진 것인지 안쪽의 연무는 바깥에서 볼 때보다 훨씬 엷어져 있었다.

몇 걸음 떼지 않아 전풍의 눈에 온갖 무기와 암기를 동원한 살수들의 합공을 홀로 감당하고 있는 진유검의 모습이 들어왔다.

누군가의 눈에는 그야말로 절체절명의 위기에 빠진 것으로 보이겠지만 전풍이 보기엔 어림없는 소리였다.

"빌어먹을! 언제까지 노닥거리고 있을 겁니까?"

전풍의 외침에 진유검의 고개가 슬쩍 돌아갔다.

전풍과 그의 뒤를 바짝 쫓고 있는 모광을 확인한 진유검은 곧바로 상황을 파악하곤 즉시 검을 던졌다.

한데 방향이 달랐다.

진유검의 손을 떠난 검은 전풍을 쫓고 있는 모광을 향한 것이 아니라 그 반대쪽으로 날아갔다.

꽈꽈꽈꽝!

검에 실린 힘에 의해 모든 것이 파괴되기 시작했다.

흐드러지게 핀 도화나무, 사이사이에 설치된 기관진식은 물론이고 은신해 있던 살수들은 비명도 지르지 못한 채 숨이 끊어졌다.

검이 지나간 곳, 전풍의 내달리는 길에 거칠 것은 없었다.

"이만하면 됐지? 그럼 수고해라."

진유검이 슬쩍 길을 비켜주며 말했다.

"망할 인간! 벼락이나 맞으쇼!"

악담을 퍼부으면서도 전풍은 발걸음을 멈추지 않았다.

곧바로 뒤쫓아 온 모광이 자신에게 살기를 드러내자 진유검은 가볍게 웃으며 손을 저었다.

"딴 데 눈 돌리지 말고 우리 서로 하던 일이나 마저 합시다. 원하지 않아도 곧 다시 보게 될 테니까."

진유검은 모광의 대답은 들을 필요도 없다는 듯 몸을 돌렸다.

진유검이 지금껏 최선을 다하고 있지 않다는 것을 비로소 확인한 십대살수와 지살대의 눈엔 지독한 분노와 그 이상의 공포가 어려 있었다.

*   *   *

꽝!

검기가 향하는 방향에 자라고 있던 나무가 힘없이 쓰러지고 바위들이 산산조각이 나서 흩어졌다.

망초는 방해물 따위는 상관치 않고 닥치는 대로 검을 휘두르며 힘겹게 공격을 피하고 있는 곽종을 집요하게 노렸다.

두 사람의 싸움이 시작된 지 대략 일각, 초반엔 비등하던 승부가 어느 순간, 망초에게 기울기 시작했다.

정상적인 몸 상태라면 여전히 팽팽한 싸움이 계속되었을 것이나 천변만화오행진에서 죽을 고생을 하고 이어 오살을 처리하는 과정에서 부상까지 당한 곽종에게 망초는 너무도 막강한 상대였다.

"후욱! 후욱!"

계속된 망초의 공세에게 간신히 벗어난 곽종이 거친 숨을 몰아쉬었다.

망초의 무자비한 공격에 상당히 많은 부상을 당했는지 머리에서 발끝까지 붉은 피가 도배를 했다.

특히 몇 곳의 상처 부위는 살이 뭉텅 잘려 나가고 뼈가 보이는 것이 생각보다 심각했다.

그렇다고 해도 곽종의 전의는 전혀 꺾이지 않았다.

몸에 상처가 하나씩 늘어가고 많은 피를 흘려 의식이 조금씩 무뎌질 때마다 정신을 다잡고 끝까지 투혼을 불살랐는데 간간히 보여준 반격은 공격을 하던 망초의 등줄기가 서늘해질 정도로 위협적이었다.

하지만 곽종의 선전이 끝날 때가 멀지 않았다는 것은 공격을 하는 망초나 죽을힘을 다해 버티고 있는 곽종 본인도 이미 느끼고 있었다.

'제기랄! 늙은 퇴물이라 여겼는데……'

곽종은 자신이 망초를 너무 쉽게 생각했음을 뼈저리게 반성하며 주변을 둘러보았다.

바로 옆, 엽표와 일전을 벌이고 있는 유상의 상황은 자신보다 더 좋지 않은 것 같았다.

자신과 마찬가지로 유상 역시 천변만화오행진에 시달리고 난 뒤라 평소의 실력을 발휘하지 못했고 그 대가는 컸다.

뼈가 부러진 것인지 왼팔은 축 늘어져 덜렁거리고 있었고 가슴과 옆구리에도 큰 자상이 보였다.

특히 엽표가 휘두른 사슬낫에 찍힌 발등의 상처가 치명적이었는데 그 부상으로 인해 유상의 경쾌하면서도 화려한 보법이 원천 봉쇄당했기 때문에 더욱 힘든 싸움을 하고 있었다.

입에선 연신 검붉은 피가 흘러내리는 것이 심각한 내상을 당한 듯싶었다.

곽종의 시선이 반대편으로 향했다.

누구보다 치열한 싸움을 벌이고 있는 여우희의 모습이 보였다.

패색이 짙은 자신과 유상과는 달리 그녀의 상황은 비교적 여유가 있어 보였다.

"계집의 실력이 제법이구나. 노부의 검을 이토록 오랫동안 받아낸 사람은 네가 처음이다."

곽뢰가 거친 숨을 몰아쉬고 있는 여우희에게 진심 어린 찬사를 보냈다.

"그쪽도 그럭저럭 훌륭한 실력을 지니고 있네."

"그럭저럭이라. 칭찬으로 받아들이긴 좀 그렇구나. 어쨌거나 이제는 끝낼 때가 되었다."

"누가 누구를 끝내는지는 두고 보면 알겠지."

들끓는 진기를 가라앉히고 한숨 돌린 여우희가 낭창낭창 흔들리고 있는 연검을 힘주어 잡았다.

말은 그리 했지만 여우희는 상대의 실력에 경악을 금치 못하고 있었다.

짧은 시간 동안 무려 삼십여 초의 공방을 벌였고 승부를 가르지 못했다.

'아무리 천하제일 살수로 명성을 날렸다지만…….'

여우희는 곽뢰의 강함을 도저히 이해하지 못했다.

천하제일 살수라는 그의 경력은 충분히 인정해 줄 만하다.

특히 살수의 특성상 적절한 조건만 주어지면 자신보다 뛰어난 고수를 격살할 능력이 있었다.

하지만 정면 승부에서 이토록 강력한 실력을 보여주는 것은 쉽게 납득이 되지 않았다.

홍안마녀의 무공을 이어받고 천강십이좌의 일원이 된 이후, 여우희는 무황과 천무진천을 비롯하여 누구에게나 인정받는 몇 명의 절대고수를 제외하고는 천하의 그 누구와 붙는다고 해도 지지 않을 자신이 있었다.

그런 자신감이 진유검이라는 괴물을 만난 이후, 철저하게 무너졌고 곽뢰를 만나며 다시 한 번 흔들리고 말았다.

그가 비록 과거에 천하제일 살수로 손꼽혔던 암흑뇌전이라는 것을 감안한다고 해도 믿기지 않는 실력이었다.

그녀가 판단하기에 곽뢰는 화경에 이른 고수였고 진유검에게 도전했던 문일청에 비해 다소 손색은 있을지 모르나 다른 무황성의 장로들보다 월등히 강했다.

더구나 상대는 자신과 마찬가지로 아직 모든 실력을 보여주지 않았다.

그것이 무엇일지 생각할 틈도 없이 곽뢰의 공격이 다시 시작됐다.

곽뢰가 검을 움직이자 이형환위의 수법으로 검을 피해낸 여우희가 순식간에 곽뢰의 좌측을 파고들었다.

순간, 차갑게 미소 짓는 곽뢰를 보며 여우희가 즉시 공격을 멈추고 물러났다.

그녀의 귓가에 은밀한 파공성이 감지됐다.

여우희는 당황했다.

물러나는 자신을 노리는 곽뢰의 검은 확인이 되었지만 그로인한 파공성이 아니다.

정확히 파악은 되지 않지만 분명 뭔가가 접근하고 있었다.

섬뜩한 기분에 본능적으로 몸을 틀었다.

배후에서 그녀의 뒤통수를 노리며 접근한 단검이 오른쪽 어깨에 박혔다.

"으음."

여우희의 입에서 나직한 신음이 흘러나왔다.

고통도 고통이었지만 무방비 상태로 당했다는 것이 심리적으로 타격이 컸다.

어깨를 뚫고 들어간 단검을 타고 붉은 피가 흘러내렸다.

여우희는 곽뢰의 움직임을 예의주시하면 뒷걸음질 쳤다.

그리곤 어깨에 박힌 단검을 천천히 뽑았다.

톱니처럼 생긴 단검의 날이 살을 뜯어버렸지만 여우희는 눈썹 하나 꿈쩍하지 않았다.

엄청난 고통을 참아내는 여우희의 모습을 보며 곽뢰가 침음을 흘렸다.

"쯧쯧, 쉽게 끝났으면 좋았을 것을. 그렇다면 굳이 고통을 자초할 필요는 없었을 텐데 말이야."

여우희는 차가운 미소를 지으며 단검에 묻은 자신의 피를 혀끝으로 핥았다.

"생각보다 너무 뛰어난 실력을 지니고 있어 잠시 잊고 있었어. 늙은이가 천하제일 운운하던 살수라는 것을 말이야. 이제 이따위 잔수는 통하지 않아. 이건 돌려주지."

여우희가 단검을 던졌다.

평범한 속도로 날아드는 단검을 보면서도 곽뢰는 신중히 대처할 수밖에 없었다.

그것을 던진 여우희가 자신과 버금가는, 상처를 입고 독이 잔뜩 오른 맹수만큼이나 위험한 상대이기 때문이었다.

피리리릿!

여우희의 손에 들른 연검이 춤추듯 허공을 가르며 날아들었다.

조금 전과는 비교할 수 없을 정도로 날카롭고 화려한 검의 움직임을 보며 곽뢰는 지금부터가 진짜 싸움이라는 것을 직감했다.

곽뢰가 더없이 신중한 자세로 검을 휘둘렀다.

파스스슷!

검끝에서 뻗어 나온 서늘한 검기가 기묘한 움직임으로 짓쳐 드는 연검을 쳐냈다.

순간적으로 방향을 잃고 흔들리던 연검이 전보다 더욱 빠르게 접근했다.

침착히 발걸음을 놀리고 능숙한 반격으로 여우희에게 부상을 안겼지만 여우희는 부상도 불사하며 집요하게 곽뢰를 쫓았고 결국 그의 목덜미에 상처를 만들어냈다.

하지만 고작 그 정도 상처에 만족할 여우희가 아니었다.

피리리릿!

곽뢰의 역공을 교묘하게 비틀어버린 연검이 슬그머니 그의 검신을 휘감았다.

당황한 곽뢰가 황급히 검을 빼려 했으나 이미 만단히 얽인 연검을 떨치기가 쉽지 않았다.

지금과 같은 상황이 벌어지면 필연적으로 내력 싸움으로 갈 수밖에 없었다.

회심의 미소를 지은 곽뢰가 이 갑자에 이르는 내력을 검에 실어 보냈다.

맞서다 큰 내상을 당하든 아니면 꼬리를 내리고 도망을 치든 어떤 결과가 나더라도 자신에게 유리할 터였다.

한데 어느 순간, 여유롭던 곽뢰의 안색이 딱딱하게 굳었다.

놀랍게도 곽뢰가 주입한 내력이 여우희에게 전혀 영향을 미치지 못했다.

이는 곧 여우희가 곽뢰의 내력에 전혀 밀리지 않는다는 것을 의미했다.

'이건 도대체가……'

기가 막힐 일이었다.

여우희의 무공이 뛰어날 수는 있었다.

하지만 아무리 무공이 뛰어나고 내력이 정순하다고 한들 육십 평생 수련해 온, 게다가 음부곡에서 내력을 증진시킬 수 있는 온갖 약재와 영약을 복용하고 곡주가 전수한 절세 신공을 익혀 과거와는 비할 수도 없이 내력의 증진을 본 자신과 비교한다는 것 자체가 웃기는 일이었다.

한데 그런 웃기는 일이, 말도 안 되는 일이 벌어졌다.

충격 때문인지 순간적으로 틈이 생겼다.

검신을 휘감은 연검이 빠르게 치고 올라갔다.

자칫하다간 치명적인 결과를 초래할 수 있었다.

위기라 판단한 곽뢰는 그 즉시 단전 한구석에서 잠자고 있는 기운을 깨웠다.

미증유의 힘을 지니고 있지만 아직까지 제대로 다스릴 수가 없어 봉인하고 있던 힘이었다.

'뭐지?'

죽을힘을 다해 곽뢰를 몰아치고 있던 여우희는 상대의 검에서 갑작스레 밀려드는 기운에 당황했다.

감당할 수 없을 정도로 막강한 힘은 아니었으나 어딘지 모르게 느낌이 좋지 않았다.

마치 독에 중독된 물을 마시기 직전의 느낌이라고나 할까.

갈등도 잠시, 여우희는 즉시 연검을 풀고 물러났다.

곽뢰는 여우희에게 묶였던 검이 자유를 되찾자 앙갚음이라도 하듯 매섭게 공격을 하기 시작했다.

파스스슷.

헤아릴 수 없을 정도로 많은 검기가 기괴한 궤적을 그리며 여우희의 숨통을 조여 왔다.

여우희는 당황하지 않고 곽뢰의 공격을 차분히 살폈다.

그녀의 표정이 심각하게 굳어졌다.

같은 사람, 같은 무기, 같은 초식이었지만 조금 전과는 기운 자체가 달랐다.

조금 전의 공격이 살기가 짙은 가운데 날카로움을 지녔다면 이번 공격은 거기에 더해 뭔가 으스스하고 이해할 수 없는 사악함이 느껴졌다.

본격적으로 충돌을 하지 않았음에도 한기가 밀려들었고 온몸에 소름이 돋았다.

생각은 길지 않았다.

생과 사의 경계에선 지금, 그런 의문을 떠올릴 여유가 없었다.

몸에 지닌 모든 내력을 끌어올려 연검에 주입하자 흐느적거리던 연검이 곧게 펴졌다.

여우희의 몸이 크게 도약을 하며 허공으로 치솟았다.

여우희가 대각선으로 검을 교차하며 휘둘렀다.

그러자 검에서 솟구친 강기막이 그녀의 주위를 휘감기 시작했다.

여전히 허공에 떠 있는 여우희와 그녀를 에워싸고 있는 강기막의 형상이 마치 커다란 날개를 펼쳐 천적을 위협하는 호접(胡蝶)과 닮았다.

그런 여우희의 모습을 보는 곽뢰의 입가엔 사이한 미소가 지어져 있었다.

어느새 사안(蛇眼—뱀눈)으로 변한 눈동자는 붉게 충혈되어 있었으며 요기(妖氣)라 할 수 있는 기운을 뿜어내며 주변을 옭아맸다.

몇 번의 공방이 벌어졌다.

봉인했던 힘까지 사용해서 그런지 곽뢰의 공격력은 전에 비할 바가 아니었다.

여우희가 호접살무의 절예들을 쏟아내며 최선을 다했지만 막아내기가 쉽지 않았다.

근근이 방어에 성공할 뿐 반격은 꿈도 꾸지 못했다.

게다가 어느 순간부터 여우희는 자꾸만 흐릿해지는 정신을 부여잡기 위해 애를 먹어야 했다.

절체절명의 위기 상황에 빠져 있음에도 이상하게 몸이 무거워지고 만사가 귀찮아졌다.

모든 것을 내려놓고 그저 쉬고 싶다는 생각뿐이었다.

그것이 곽뢰의 눈에서 뿜어져 나오는 요기 때문이라는 것을 눈치채고 외면하려 했지만 보지 않으려 해도 자꾸만 보게 되었고 그때마다 의식이 더욱 몽롱해졌다.

급격히 무너져 내린 여우희.

최후의 일격을 가하려는 곽뢰의 눈빛이 사악하게 빛날 때였다.

"위험해!"

난데없는 경고음에 곽뢰의 몸이 휙 돌았다.

그의 얼굴로 커다란 주먹 하나가 접근했다.

회피하기엔 이미 늦었다.

검을 들어 막기도 불가능했다.

곽뢰는 주저없이 왼손을 치켜 올리며 주먹을 막았다.

꽝!

인간의 몸이 부딪치는 것이라곤 상상할 수 없을 정도로 강렬한 충돌음과 함께 곽뢰의 몸이 쭈욱 밀려났다.

재빨리 중심을 바로 하는 곽뢰의 얼굴이 경악으로 물들

었다.

만약 봉인된 힘을 개방하지 않았다면 지금 공격에 제대로 반응을 하지 못했을 터였다.

등에서 절로 식은땀이 흘러내렸다.

아무리 여우희와의 싸움에 신경을 집중시켰다고는 해도 그만한 위협이 접근하고 있음에도 감지를 하지 못한 것이 믿기지 않았다.

"대체 어떤 놈이……."

곽뢰가 이를 부득 갈며 자신을 공격한 상대를 찾았다.

그 순간, 전혀 엉뚱한 대답이 들려왔다.

"미안… 하네."

시뻘건 얼굴로 달려오는 모광의 모습에 곽뢰는 기가 막힌다는 표정을 지었다.

곽뢰가 고개를 돌렸다.

저 멀리 자신을 공격하고 재빨리 내빼는 전풍의 뒷모습이 들어왔다.

"빠르… 군."

곽뢰의 입에서 자신도 모르게 탄성이 터져 나왔다.

모광을 비웃고 싶은 생각은 아니었으나 결과적으로 그렇게 되고 말았다.

"내 평생 저토록 약삭빠른 놈은 보지 못했네."

분을 참지 못하고 씩씩대는 모광의 눈에서 엄청난 살기가 뿜어져 나왔다.

처음, 시건방진 입담과는 달리 대항할 엄두도 내지 못하고 도망치기에 바빴던 전풍을 보고 모광은 마음껏 비웃었다.

하지만 도화원을 빠져나온 이후, 전풍은 돌변했다.

그야말로 바람과도 같은 움직임으로 모광을 농락했다.

음부곡에서 경공술만큼은 첫손에 꼽히는 모광이 전력을 다해 쫓아 봤으나 그림자도 밟을 수 없었고 일부러 허점을 보이고 공격해 오기를 기다려도 걸려들지 않았다.

그 사이에 전풍은 전광석화와 같은 움직임으로 위기에 빠진 동료들을 몇 번이나 구해냈다.

대등한 싸움을 이어가던 여우희는 예외였지만 곽종과 유상이 지금껏 버틴 것에는 전풍의 도움이 상당했다.

자신이 전풍의 움직임을 막지 못하는 바람에 동료들에게까지 피해를 입히게 되자 모광은 고개를 들 수가 없었다.

"면목이 없네. 내 반드시 놈을 잡아……."

모광이 사과와 더불어 새롭게 전의를 다질 때였다.

"크으아아악!"

처절한 비명과 함께 도화원에서 한 인영이 느닷없이 튕

겨져 나왔다.

땅바닥에 처박혀 움직일 줄을 모르는 사내의 정체가 십대살수의 수장 일살임을 확인한 모광이 황급히 달려가 그를 안아들었다.

"일살!"

대답은 없었다.

모광이 축 늘어진 일살의 몸을 살피기도 전에 처절한 비명과 함께 이살이 튕겨져 나왔다.

땅을 박차고 뛰어오른 곽뢰가 이살의 몸을 받았다.

"대체 무슨 일이냐?"

곽뢰의 물음에 이살이 공포 가득한 눈빛으로 입을 열었다.

"괴, 괴물……."

이미 온몸이 만신창이가 된 이살은 말을 끝맺지도 못하고 숨이 끊어졌다.

곽뢰가 모광을 향해 고개를 돌렸다.

"안쪽에서 무슨 일이 벌어지고 있는 거야?"

"그, 글쎄, 협공을 하는 모습을 보긴 했는데……."

전풍을 쫓아 도화원을 몇 번이나 들락거린 모광이었으나 딱히 대답할 말이 없었다.

그의 이목은 오직 전풍을 잡는 것에 쏠려 있었고 협공을 당하고 있는 진유검에겐 그다지 신경을 쓰지 않았다.

협공도 제대로 되고 있었고 무엇보다 부곡주가 공격에 참여하는 것을 확인하곤 아예 신경을 끊다시피 한 것이다.

그것이 엄청난 오판이 되어 돌아올 줄은 꿈에도 몰랐다.

후두둑!

요란한 소리와 함께 도화원을 에워싸고 있던, 처음과는 달리 거의 희미해진 연무가 완벽하게 사라지고 방금 전, 요란한 소리의 이유가 밝혀졌다.

도화원 외곽에 있던 도화나무 십여 그루가 뿌리째 뽑혀 쓰러져 있던 것이다.

그 나무들 사이에 완벽한 합격술을 자랑했던 삼살과 사살이 의식을 잃은 채 널브러져 있었다.

그들의 숨이 이미 끊어졌음은 굳이 확인할 필요도 없었다.

사지가 부러지고 목이 완전히 꺾인 상태에서 숨이 붙어 있을 수는 없는 것이니까.

눈 깜짝할 사이에 도화원에 투입된 십대살수의 대부분이 목숨을 잃었다.

남은 십대살수는 고작 십살 한 명뿐이었으나 그 역시 생사가 불투명했다.

"서, 설마 부곡주님까지 당한 것일까?"

곽뢰가 떨리는 음성으로 물었다.

"그, 그럴 리는 없지."

생각하기도 싫다는 듯 모광이 고개를 마구 흔들었다. 오히려 그런 행동이 불안감을 부추겼다.

"역시 부곡주였군."

약간은 김이 빠진 듯한 음성.

진유검이 도화나무 사이에서 불쑥 모습을 드러냈다.

그의 손에 질질 끌려오는 사람이 부곡주라는 것을 확인한 곽뢰와 모광의 눈이 부릅떠졌다.

"네, 네놈이 감히!"

흥분한 모광의 눈이 살기로 번들거리며 당장에라도 공격할 듯한 자세를 취했다.

만약 곽뢰가 그의 팔을 잡지 않았다면 이미 허공으로 몸을 띄웠을 것이다.

일단 중요한 것은 진유검이 아니라 그의 손에 잡힌 부곡주의 안위였다.

"부곡주님은……."

곽뢰의 말은 이어지지 않았다.

진유검이 관심 없다는 듯 장소흔을 그들의 발아래로 내던진 것이다.

"부곡주님!"

모광이 황급히 장소흔을 안아 들며 몸을 살폈다.

"어떤가?"

곽뢰가 긴장된 얼굴로 물었다.

모광이 가만히 고개를 끄덕이자 곽뢰의 입에서 안도의 한숨이 흘러나왔다.

"몸은 좀 괜찮습니까?"

진유검이 비틀거리며 다가오는 여우희를 보며 물었다.

"그런대로 버틸 만합니다."

여우희가 애써 미소를 지으며 대답했다. 하지만 평소의 매혹적인 미소가 아니다.

당연했다.

내색은 하고 있지 않으나 그녀의 몸은 이미 말이 아니었다.

특히 곽뢰가 요사스런 사술을 부리면서 당한 부상이 치명적이었는데 온몸을 뒤덮은 자상은 물론이고 꽤나 오랫동안 정양을 해야 할 정도로 내상이 깊었으며 정신적으로도 큰 타격을 받은 상태였다.

"다른 사람들도 상황이 좋지는 않군요."

진유검이 막바지까지 몰려 있는 곽종과 유상을 바라보며 말했다.

"솔직히 대단해요, 령주. 음부곡의 명성이 아무리 높다고 해도 설마하니 살수들이 실력이 이토록 뛰어날 줄은 몰랐어요. 무황성에서도 이들만큼 강한 이들은 손에 꼽을 정도라고 봐요."

천강십이좌로서 지금껏 하늘 높은 줄 몰랐던 자존심에 큰 상처를 입은 여우희의 음성은 맥이 없었다.

그녀의 말을 들은 곽뢰의 표정이 딱딱하게 굳었다.

"무, 무황성? 령… 주? 하, 하면 네놈이 근자에 무림을 떠들썩하게 만든 수호령주더냐?"

곽뢰의 물음에 진유검이 피식 웃었다.

"무림을 떠들썩하게 만든 적은 없는 것 같지만 수호령주라 불리기는 하오만."

"역시! 과장된 소문이 아니었구나."

혜성같이 등장한 수호령주가 이화검문의 문주와 천무진천을 꺾은 사실은 엄청난 화제가 되어 이미 무림에 파다하게 퍼져 있었고 음부곡에서도 이미 무황과 같은 특급의 반열에 올려놓은 상태였다.

곽종과 모광은 어째서 천변만화오행진이 파훼되고 십대살수와 지살대가 합공을 했음에도 지금과 같은 상황이 벌어졌는지 비로소 이해를 했다.

어쩌면 무황을 능가하는 무공을 지녔다고 알려진 수호령주라면 충분히 가능한 일이었다.

그래도 내심 걸리는 것은 부곡주였다.

십대살수와 지살대가 당할 수는 있어도 부곡주는 아니었다.

아니, 설사 당할 수는 있다고 해도 지금처럼 무기력하게 당하는 것은 아니었다.

진유검의 모습을 살펴 보건데 부상은커녕 격전을 치른 사람답지 않게 옷매무새의 흐트러짐이 거의 보이지 않았다.

몇 군데가 찢어지고 흙먼지가 조금 내려앉은 것이 전부였다. 심지어 피 한 방울이 묻어 있지 않았다.

이것이 의미하는 바는 실로 컸다.

그들이 보기엔 나름 격전이었으나 사실상 도화원에서 벌어진 싸움은 일방적인, 진유검은 그들이 생각하는 것보다 더욱 무섭고 막강한 실력자임이 드러난 것이다.

"우리 얘기는 잠시 뒤에 나누도록 합시다. 일단 사람부터 구해놓고."

곽리와 모광의 어이없는 표정에 아랑곳하지 않은 진유검이 돌멩이 두 개를 집어 들더니 곽종과 유상을 매섭게 몰아붙이고 있던 망초와 엽표에게 던졌다.

진유검의 손을 떠난 돌멩이는 묵직한 파공성을 내며 망초와 엽표에게 향했다.

돌멩이를 따라 시선을 돌리는 곽뢰와 모광이 긴장된 얼굴로 침을 꿀꺽 삼켰다.

평범하게 날아가는 돌멩이였지만 그것을 던진 사람이 다름아닌 수호령주이기에 결코 평범할 수 없었다.

그들의 걱정대로 돌멩이는 위기에 빠진 곽종과 유상을 완벽하게 구해냈다.

곽뢰와 모광이 경고를 하기도 전에 이미 자신들을 향해 접근하는 돌멩이의 위험성을 깨달은 망초와 엽표가 곽종과 유상에 대한 공격을 멈추고 최대한 신중히 대응했기 때문이었다.

"전풍, 데리고 와."

진유검이 도화원 쪽을 바라보며 말을 하자 그때까지 발걸음을 멈추지 않고 있던 전풍이 번개처럼 나타나 곽종과 유상의 팔을 낚아채듯 잡아서 진유검 앞으로 달려왔다.

"후아!"

전풍의 크게 숨을 내뱉었다.

싸움이 시작된 이후, 단 한 번도 멈추지 않았던 전풍의 걸음이 멈췄다.

전풍의 얼굴을 보는 모광의 반응이 실로 가관이다.

당장에라도 달려가 자신을 농락한 전풍을 갈가리 찢어버리고 싶었지만 상황이 여의치 않았다.

십대살수와 지살대가 사실상 몰살을 당하고 부곡주마저 생사가 위태로운 상황에서 함부로 움직일 상황이 아니었다.

"가, 감사합니다, 령주님."

"덕분에 살았다, 전풍."

죽음의 문턱에서 살아 돌아온 곽종과 유상은 진유검과 전풍에게 진심으로 머리 숙여 감사를 표했다.

"쯧쯧, 아직도 몰라."

전풍이 한심해 죽겠다는 얼굴로 혀를 찼다.

곽종과 유상이 영문을 모르겠다는 듯 멀뚱히 바라보자 전풍이 언성을 높였다.

"감사는 무슨 얼어 죽을 감사. 아직도 모르겠소? 두 사람을, 아니, 누님까지. 구하려고 마음먹었다면 진즉부터 구할 수 있었소."

"그… 게 무슨 소리야?"

여우희가 딴청을 피우는 진유검을 슬쩍 바라보며 물었다.

"어휴! 답답하기는. 여러분이 믿고 따르는 우리의 주군께서 작심하고 그 고생을 시킨 거란 말이오."

"하, 하지만 령주께선 위험하다 판단하시고 홀로 도화원에……."

전풍은 곽종의 말을 다 듣지도 않고 끊어버렸다.

"처음엔 진짜 우리를 위해서일 수도 있소. 뭐, 그 빌어먹을 진법에 갇혀 개고생을 했으니 나름 사정을 봐준 걸 거요. 하지만 저 늙은이들이 나타난 이후의 행보를 보면 절대로 그렇게 생각할 수가 없단 말이오."

진유검을 노려보는 전풍의 음성과 표정은 확신에 차 있었다.

"령주께서도 놈들의 합공에 시달리고 계셨잖아. 기관진식에 살수 놈들도 한둘이 아니고."

유상의 말에 전풍이 가소롭다는 듯 콧방귀를 꼈다.

"합공? 기관진식? 웃기지도 않소. 다들 주군의 옷을 좀 보쇼. 저게 어디 합공에 시달린 사람의 옷이요?"

곽종과 유상, 여우희의 시선이 진유검에게 향했다.

아닌 게 아니라 격전을 펼친 사람의 모습치고는 너무도 말끔했다.

"그리고 애당초 전제가 틀렸소. 내 누누이 말했잖소. 주군의 실력을 형님이나 누님이 알고 있는 상식선에서 파악하지 말라고. 마음만 먹는다면 혼자서 무황성을 쓸어버릴 수 있는 인물이라고 몇 번을 얘기해야 하오. 기관진식이나 함정 따위가 다 부질없는 짓이라는 것은 아까 그 진법을 힘으로 깨버리면서 이미 증명했잖소."

"……."

전풍의 단호한 말에 세 사람은 아무런 말도 하지 못했다.

"쯧쯧, 이제야 좀 믿는 눈치구려. 내 하나 더 말해주겠소. 내가 뭐 할일이 없어 형님들과 누님을 구하기 위해 꽁지 빠지게 뛰어다닌 줄 아쇼? 그게 다 주군께서 명령하신 일이란 말이오. 저 안에서 이쪽의 상황을 훤히 꿰뚫고 있었던 주군의 명에 의해서."

이쯤 되면 믿지 않을 도리가 없었다.

"전풍의 말이 사실입니까?"

"설마 우리가 고전하는 것을 알면서 일부러 방치… 를 한 건가요?"

곽종과 여우희가 서로 질문을 던졌다.

진유검은 대답을 하지 않고 슬며시 화제를 돌렸다.

"일단 이쪽부터 정리하는 게 좋을 것 같소. 너무 기다리게 하는 것도 예의는 아니고. 아, 이제 그쪽 사람들도 나오는 것이 좋겠소. 명색이 음부곡의 곡주가 쥐새끼처럼 숨어 있어야 되겠소."

진유검의 말에 깜짝 놀란 사대장로가 진유검이 가리키는 방향으로 몸을 돌렸다.

언제 도착한 것인지 음부곡의 곡주가 우뚝 서 있었다.

"고, 곡주님!"

곽뢰가 놀라 부르짖었다.

반가움과 걱정이 동시에 깃든 음성이었다.

사대장로를 향해 묵묵히 고개를 끄덕인 곡주가 진유검을 향해 천천히 걸어왔다.

주변에 수하들의 시신이 무수히 널려 있었으나 눈길조차 주지 않았다.

폭발할 듯한 분노를 간신히 억누르고 있는 듯 이마의 심줄이 툭툭 불거져 나왔다.

"네놈이 수호령주냐?"

곡주가 물었다.

"들었다시피. 그런데 생각보다 젊군. 음부곡의 우두머리라면 꽤나 노회한 영감일 줄 알았는데 말이야."

팽팽한 긴장감이 흐르는 주변의 분위기와는 달리 진유검은 여유 만만했다.

"일부러 도발하지 않아도 네놈은 이곳에서 죽는다."

싸늘히 웃는 곡주의 전신에서 가공할 만한 살기가 솟구치기 시작했다.

그 기운이 어찌나 지독하던지 약간 뒤쪽에 빠져 있던 곽종과 유상 등의 안색이 창백하게 변할 정도였다.

"아, 잠깐."

진유검이 슬쩍 손을 들어 금방이라도 덤벼들 듯한 곡주

의 움직임을 잠시 멈추게 만들었다.

"싸울 때 싸우더라도 이렇게 만났으니 정식으로 인사라
도 합시다. 의협진가의 진유검이라 하오."

진유검이 정중하게 포권을 했다.

진유검의 행동이 자신을 우롱하는 것이라 판단한 곡주의
눈썹이 역 팔자로 모아지고 이마에 굵은 주름이 잡혔다.

곡주의 반응에는 상관없이 진유검의 말은 이어졌다.

"만나서 반갑소이다, 곡주. 아니, 공손가의 핏줄이라고
해야 하나?"

곡주의 얼굴이 경악으로 물들었다.

"그것도 아니면……."

진유검의 입가에 의미심장한 미소가 지어졌다.

"루.외.루.의 후예던가."

『천산루』 4권에 계속…

무경 新무협 판타지 소설

F A N T A S T I C   O R I E N T A L   H E R O E S

암제귀환록

마흔에 이르기도 전에 얻은 위명.
암제(暗帝).

무림맹의 충실한 칼날이었던 사내.
그가 무림맹 최후의 날에
모든 것을 후회하며 무릎을 꿇었다.

"만약 그때로 돌아갈 수 있다면……."

사내의 눈이 형용할 수 없는 빛을 토했다.

"혈교는 밤을 두려워하게 될 것이다!"

Book Publishing CHUNGEORAM

유행이 아닌 자유추구 -
WWW.chungeoram.com

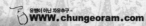